ありのままで いい

自分以外の
誰もが幸せに
見える日に

チョ・ユミ 著
Jo Yumi

藤田麗子 訳

PHP

　自分を好きになるというのは、とても難しいことです。

　理由もなく何かを好きになろうとしても、そう簡単にはいかないからです。自分を愛するに値する理由を見つけ出そうとしても、これといった長所が思い浮かびません。

　むしろ短所のほうが多いような気がして、自分を愛するのは思った以上に大変だなと感じたりします。

　あなたにも私と同じような経験があるのなら、ぜひお伝えしたいことがあります。

　理由を探そうとしないでください。

　理由なんてなくても大丈夫。

　いちばん美しいのは、ありのままの姿だから。

　私もかつては、この言葉を受け入れられませんでした。

　自分のあらゆる点が気に入らず、「私は私だから価値がある」という言葉を肌で感じることができなかったのです。

　でも、本書を執筆しながら、自分を慎重かつ正直に見つめ

直していくうちに少しずつ理解できるようになりました。

　この世に私という存在は、私ひとりだけだということを。それだけで、私は特別だということを。

　本書でご紹介するのは、自分がどれほど美しい人間なのかを忘れてしまいそうになるたびに、私が心の中で唱えていたおまじないです。

　自分以外の誰もが幸せに見える日。恋愛がつらく困難なものにしか思えない日。他人の視線に臆して、弱気になってしまった日。急にしゃがみ込みたくなるような日。

　そんな日はそっと、でも力強く、心を癒すおまじないを唱えてみてください。

　私は、ありのままでいい。

チョ・ユミ

ありのままでいい　contents

1st　心を癒す
おまじない

私は、ありのままでいい
自分を好きになれないあなたへ

1

勇気を持って恋をした

恋愛下手で悩んでいるあなたへ

2

ひたすら、心のおもむくままに　3

他人の視線に心が揺れ動く日は

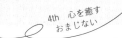

4th 心を癒す
おまじない

私は毎日うまくいっている

ふと、しゃがみ込みたくなる瞬間

4

装丁：石間 淳
イラスト：ファガユル

1

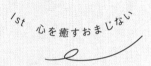

1st 心を癒すおまじない

私は、
ありのままでいい

自分を好きになれないあなたへ

好きになることにした、
私は私だから

見栄えのいいものだけを見せて
そうでないものは隠した。
ありのままじゃない計算ずくの自分と向き合ったら、
ほろ苦い気分になった。

　知り合いの少ない自分がつまらない人間のように思えて、
その一面を隠そうとしていた時期がある。

　出不精な性格で、わざわざ時間をつくって人と会うことが
少なかったせいもあって、SNSには他人に知られたくない
私の交友関係の狭さがはっきり現れた。

　日々の出来事をアップしただけで数十件のコメントがつく
知人たちとは違い、せいぜい片手に収まる程度のささやかな
コメント数。

　交友関係の狭さが否応なしに明らかになるのが嫌だった。

　SNSにアクセスすると、パーティルームを借りて友達と
誕生日会を楽しんだり、親友との海外旅行で幸せなひととき

を過ごしたり、多彩な活動を通して知り合った多くの人々と
自己啓発の勉強会をしたりと、完璧（かんぺき）に幸せそうな写真ばかり
が並んでいる。

　私は、心から羨（うらや）むこともできず、応援することもできない
中途半端な気持ちで、それらの写真を眺めていた。

　みんな楽しく生きているのに、私だけが間違った生き方を
しているみたい。

　無理にでも体を引きずって外出すべきかもしれない。そう
決心するまでに長い時間はかからなかった。

　すぐさま読書コミュニティに加入し、スマートフォンのア
プリケーション開発プロジェクトに参加したことによって、
会う人の数が増えた。家にばかりいた頃とは比べものになら
ないくらい、一日の中でさまざまな出来事が起こった。

　新しく出会った人々と連絡先を交換し、SNS の友達登録
をした。週末になると、新村（シンチョン）や江南（カンナム）に出かけて雰囲気のいい
店でビールを飲んだりもした。

　いつしか私は、これまで眺めているだけだった写真の中の
主人公になっていた。特に用がなくても連絡を取り合う間柄
の人が増え、SNS に写真をアップすると、たくさんの「い

いね！」とコメントがついた。

　最初の１カ月は満足だった。これまでの人生とはまったく違っていて、まるで新しい人生を生きているような気分。

　私のことを羨ましいと言う人もいた。過去の私が、他の誰かに対して抱いた気持ちだ。

　しかし、時が過ぎるにつれて、心は穏やかではなくなっていった。

　疲れがたまっていて休みたいのに、交友関係が広がったせいで約束は増え続ける。外出が増えれば増えるほど、心の穴が広がっていく気がした。

　窒素でパンパンにふくらんだ菓子袋みたいに、ぎっしり中身が詰まっているように見えても、実際は大きな空洞ができている状態。

　あんなに羨んでいた生活なのに、どうして楽しくないんだろう。

　羨ましいと思っていた人生を真似たのに、なぜ幸せを感じられないのか──。

　理由は簡単だった。

私の本当の姿じゃないからだ。

　ありのままの姿ではなく、誰かを羨んで無理に飾り立てた姿。

　ちっとも自然じゃない。そう、自然なはずがない。メイクで素顔を隠し、コツコツ靴音を立てながら歩く私の姿はとてもぎこちなかった。持って生まれた性格を無視して、憧れの姿を模倣しようとした。のどにトゲが刺さっているような違和感を覚え、落ち着かなかった。

　いくら憧れていた生活が手に入ったとはいえ、合わないものは合わない。

ありのままの姿を好きになることにした。

化粧っ気のない私の顔も
10本の指で数えられるほどの交友関係も
恥ずかしがらずに受け入れる。

私はただ、私であるだけ。
善_よし悪しの尺度で自分を評価しないようにしたい。
どれ一つとして捨てることのできない、
大切な私の姿だから。

誰かに見せるために行動するのはやめよう。
無理に飾り立てた人生を生きるのはやめよう。

　　　　　　　　ありのままでいい。
　　　　　ありのままを受け入れればいい。
　　　ありのままを受け入れて、成長する私がいい。

私が輝ける場所

周りの誰もが敵に見えるときがある。
全力を注いでやり遂げても
私より"もっとうまくやった"人がいれば
私は平凡な人になってしまうから。

すべてが階段だった。

空へ上がるには数々の階段を上らなければならず、その階段を誰よりも高く上るためには競わなければならなかった。

空はあまりにも甘美に見えた。星があって、月があり、雲や、太陽がある空。すべてを備えた、完璧な理想郷のよう。

素敵に見えた。誰もが空に到達することを願っていたから、いっそう魅力的に感じられた。私が惹かれることに他の人々も惹かれているから、なおさら価値があるように思えた。

だから私は、空に行きたかった。

誰よりも高く上ろうと欲を出すようになって、わかったこ

とがある。

　この世の敵は他人ではなく、私自身だ。早起きしたいの
に、起きられない。ダイエット中だけど、もっと食べたい。
勉強しないといけないけど、サボりたい。腹が立っても、我
慢しないと。辞めたいけれど、続けなきゃ……。

　私が戦わなければならない相手は他人じゃなくて、いつも
私だった。

　この戦いに、勝ち負けはない。私がもっと立派な人間にな
るか、もっとダメな人間になるかが決まるだけ。

　だから私は、ときには優秀な人になり、ときには至らない
人になった。満足にやり遂げたこともあれば、思わしい結果
を残せなかったこともある。私のことをとてもいい人だと記
憶している人もいれば、嫌な人だと記憶している人もいるだ
ろう。

　それは、私が常に自分と戦っていることを示してくれる証
拠でもあった。

　一つ確かなのは、他人と戦うよりも自分と戦うほうが大変

だということ。

　私は自分に勝つことはできず、かといって負けることもできない。目の前にあるラクな道を選べばのちのち苦労することになり、今すぐ困難な道を選べばその瞬間から苦労する。

　こっちを選んでも大変で、あっちを選んでも大変。これ以上に厄介な戦いはない。

　だから、人生は常に苦しみの連続だった。

　自分と戦い続けているうちに、一つ悟ったことがある。あれほど焦がれていた空は、私の頭上ではなく、私の中にあるということ。自分は空の中にいると考えれば空の中にいることになり、土の中にいると考えれば土の中にいることになる。

　自分の居場所は誰かに決めてもらうものじゃなくて、自ら決めるもの。結局、大切なのは自分の心だ。私はそれも知らずに、今まで頭の上を見上げてばかりいた。

　頭を下げて、心を見なければいけなかったのに、的外れなところに視線を向けていた。

私がのぞき込むべきものは、自分の心だ。

私の心が本当に願っていることは何なのか、

どこに向かっているのかを知ることが大切。

それを知ればこそ、

　　　自分が輝ける場所を見つけることができて、

　　　　そこが空になるはずだから。

きっと乗り越えられるはず

あなたは今のままで充分に素敵な人だよ。
他人と自分を比べて、劣等感を抱く必要なんてない。

あの人はあの人、
あなたはあなた。

あなただけが、なぜか気づいていない。
もう充分よくやっているのに。

私が認めるよ。
私が見守るよ。
あなたは一人じゃない。

少しぐらい失敗したって大丈夫。
できないことがあっても大丈夫。
常に完璧ではいられないよね。

どんななぐさめの言葉も、あなたの心を
癒すことはできないと思う。
でも、ため息をつくあなたの姿を見ていたら
どうしても声をかけたくなったの。

今にも
泣きそうな顔をしていたから。

あなたの後ろ姿が
とても傷ついているように見えたから。

あなたほど素敵な人はいないということを
忘れないでね。

私 は 毎 日
う ま く い っ て い る

私は毎日うまくいっている。
苦しんで、倒れ込んで、葛藤する姿さえも
順調な人生の線上に置かれている。

　誰にだって、不安に苛まれるときがある。

　この厄介な時期は、今日やってきて翌日去っていくことも
あれば、ずいぶん音沙汰がなかったにもかかわらず、突然訪
ねてくることもある。

　そのうえ、何歳になっても油断できない。10代には10
代、20代には20代、30代には30代の不安があって、80歳
を迎えたおばあさんのもとにもやってくる。

"不安" という感情は、私たちが生きているかぎり何度でも訪ねてくる "友達のような存在" だ。

　不安の時期に突入すると、私は矛盾した人間になる。追われるように生きる日々から抜け出したいと思う一方で、大変だからとここであきらめたら後悔するかもしれないと迷う。

　全力を出さなくてもいいのではないだろうかと思いつつ、なまけたら周囲に後れを取ってしまいそうで怖くなる。一晩中悩んでも解決できなくて、振り出しに戻る。

　短くても長くても、浅くても深くても、不安な時期を乗り越えれば、人間的に大きく成長する。不安の真っただ中にいるときは、自分が床に落ちた髪の毛にも劣る存在のように思えるけれど、嵐のような時間が過ぎ去った後で振り返ってみれば、悩んでいたことはすべて成長につながるステップだったとわかる。

　いい観点から、いい選択をして、いい人になっていく。

「うまくいく」という言葉に込められているのは、「成功する」「成し遂げる」「得る」といった価値観だけじゃない。

　もし失敗したとしても、それに動じないマインドを学ぶこ

とができれば、"うまくいった"といえる。望んでいたこと
を成し遂げられなかったとしても、そこから得た何かがある
なら大丈夫。
　うまくいったかどうかは、目標を達成できたかどうかだけ
ではなくて、心と思考が成長したかどうかによって決まる。

自分が今うまくやれているのか疑わしくなるときがある。
自分のことが信じられず、どこにも寄りかかれなくて
心が憎しみでいっぱいになる時間。

でも、他人はともかく、
自分だけは自分を憎んじゃいけない。

へこたれずにがんばらなきゃいけないのは
他の誰でもなく"私"だから。
我が身を削っていくとしても、
彫刻になることを目指そう。
床に打ち捨てられた破片になってはいけない。
ささやかな日常が集まって、自分を成長させる。

よい一日でも、悪い一日でも、経験したという事実に意味を
見出そう。

　　　　そういう意味で、私は毎日うまくいっている。

自分を憎まない練習

自分を責めないこと。
自分はダメな人間だ、と思わないこと。
自分のありのままの姿を受け入れること。

生きていれば、人生の曲がり角に出くわすことがある。

曲がった先が上り坂で、大きな幸せを手にすることもあれば、下り坂へとつながって大きな不幸に見舞われることもある。

下り坂を転がり落ちていくときは、いろいろなことを考えてしまう。心が痛い。胸が張り裂けそうだ。つらい。苦しい。悔しい……。こうした言葉だけでは、とても言い表せない気持ち。

こんな状況を"傷"と表現する人もいる。人生の傷。それは一生消えずに残ることもあれば、自分を成長させてくれることもあるし、時が過ぎれば自然と忘れてしまうこともある。

でも、"傷"と呼ばれる感情は、たいてい簡単には消えない。とても重い。痛みの強さに違いはあっても、まったく痛まないということはない。

だから、できれば傷つかないようにしたいけれど、それは不可能なこと。外的な要因を思い通りにコントロールすることはできないから。

そんなときは、内面に集中しなきゃいけない。自分の力ではどうにもならないことに執着するのはやめて、心を守ることに専念しよう。

ネガティブな出来事が起こって傷ついたとしても、それが価値観にまで影響を及ぼすことがないよう自分軸をしっかり持つ。つらくて悔しくて、腹立たしくて、平常心を失いそうでも、前に進もうとする自らの歩みを妨げないようにしたい。

ポジティブになろうと言いたいわけじゃなくて、「それはそれ。これはこれ」と区別して考えられる人になろうという意味だ。

私は事態がこじれると、やるせなさが心に募っていくタイプだけれど、だからといって誰かを恨むことはない。ただ、

順調に生きていた私を傷つける状況を憎むだけ。

　でも、自分の人生まで憎んだりはしない。何度か曲がり角を経験しながらも、自分を見失わずにいられたのは、この姿勢を保ち続けていたから。

　自分を愛そうという言葉が難しく感じられるなら、どんなふうに自分を愛せばいいのかわからないなら、まずは「自分を憎まないようにする」という練習から始めてみよう。

自分を責めたり、
自分はダメだと考えたりせずに
ただ、ありのまま受け入れる練習、

　　　　　　　　そこから始めてみよう。

充分輝いている人だから

闇の中では、ほんのわずかな光も輝いて見えるけれど、
明るい場所では埋もれてしまう。

自分はすでに明るく輝いているにもかかわらず、
光を抱いていないかのように、みすぼらしく感じられる。

　誰かと比べられてばかりの人生を送っていると、知らず知
らずのうちに自尊感情が低くなってしまうことがある。何事
においても周囲と比較されるせいで、新しいことを始めるの
が怖くなる。

　点数をつけてほしいと頼んだわけでもないのに、あの人は
ああだった、こうだったという話を聞かされると、何もした
くなくなる。

　だから、自分が得意なことや好きなことではなく、誰とも
比較されないものを本能的に探すようになる。主体的に選択
するのではなく、残ったカードを選ぶ生き方になってしまう。

　私は輝いていない人間だと思っていた。

　私より安定した生活を送る家族、私より溌剌と生きている友人、もっといい会社に転職した元同僚。何も成し遂げられず、家でネットばかりしている自分が情けなく思えた。

　本当に滑稽なことだけれど、私はもっと立派な人生を送れるはずだと思っていた。

　それなのに、年をとればとるほど周囲に後れを取っているような気がして不安が募った。このままでは、虫けら以下の存在になってしまいそうで怖かった。

　こんな不安な気持ちを捨てられたのは、ちょっとした発想の転換のおかげだ。

　電気を消してベッドに寝そべり、スマートフォンをオンにすると、目を突き刺すような眩しい光が画面から飛び出してくる。画面の明るさを極限まで下げても、目が疲れる。

　本当に奇妙だ。昼間は明るさを最大に設定していても目は痛まないし、日光が照りつける場所では画面がよく見えないことすらあるのに。

スマートフォンの機種も明るさも同じなのに、周囲の状況
によって見え方が変わるのだ。

自分が光っていないわけじゃない。
周りに、輝く人が多いだけ。
いい人のそばにいい人が集まってくるように
輝く人のそばには、輝く人がいる。

周りを見回す余裕がなくて
自分がとても明るい場所にいることに気づかなかった。

　　　　　　　　　　あなたも、そう。

光の中にいることに気づいていないだけ。
あなたは、自分で思うよりずっと素敵な人だ。
だから自分を責めないで。
幸せを堂々と享受してほしい。

この世の中に存在しているだけで
すでに充分輝いているから。

心配の中に咲いた
一輪の花

私はとても心配性だ。
起こりもしないことを。
なぜここまで心配してしまうんだろう。
ほどほどにしておけばいいのに
過剰に心配しすぎて、眠れなくなってしまう。

　心配性の人は知っている。心配事が多いということが、どれほど疲れることなのかを。

　私はこれを克服する方法を探し始めた。やがて見つけたのは、ノートとペンを使うという方法。

　頭の中に入っている心配事をペンで一つひとつ書き出していく。日記のように書いたり、絵を描いたりしてもいい。心配事がなくなるまでノートに書き続ける。

　5ページを文章でぎっしり埋め尽くした日もあれば、絵を1ページだけ描いた日もあった。

　心配事を一つひとつ書いていると腕が痛くなり、それだけ

でも余計な心配をするのはもうやめようという気持ちになった。心配することが面倒になってきたのだ。

　横になってただ悩んでいただけの頃とは違い、心配事が増えるたびに手を動かしてノートに書き出す作業をするというのはラクじゃなかった。山のような心配事は少しずつ減っていった。

　心配ノートは、時が経ってから自分を振り返るきっかけにもなる。「こんな悩みを抱えてた時期があったなぁ」「この問題はうまく解決できた」「これはまだ解決してない」「次はこうしよう」。同じ問題に再び直面したとき、より柔軟に対処できるヒントをくれたり、成長に気づかせてくれたりもする。

　これこそが、心配の中に咲いた一輪の花。心を濡らした多くの涙が、この花を咲かせてくれたのだ。

　人生には、心配せずにはいられない局面もある。でも、頭を抱えて悩まなくても大丈夫。

　心配したからといって解決するわけじゃないし、心配は心配に過ぎない。自分の心と体をいたわることのほうが重要だ。

心配しても人生がよりよいものになるわけではないのだから、現状をありのまま受け止めるだけでいい。これから何が起こり、何が起こらないかは、誰にもわからない。数えきれないほど心配しても、実際の状況に直面したときは一から取り組むことになる。

そう、考えてみれば、すべて初めてのこと。

今年を体験するのも
今日を体験するのも
今、この瞬間を体験するのも
何もかもが初めて。

初めてのことが怖くて、果てしなく感じられるのは
当たり前だ。
だから心配しなくてもいい。

　あなたは、当たり前の人生を生きているだけだから。

他人の視線に
振り回されないようにするには

他人の評価に縛られて生きる必要はない。
誰が評価するかによって結果は変わる。
決まった正解はないから、落ち込まないで。

　私を表す一言に、「神経質だ」という言葉がある。「敏感だ」
と言われることもあれば、「繊細だ」と表現する人もいる。
　同僚たちと編集作業をしていたときのこと。細かい点まで
突き詰めてアイディアを提案する私のことを、誰かが「本当
に繊細だね」と褒めてくれた。その繊細さは今後の人生でも
役立つはずだよ、という言葉を添えて。
　でも、別の誰かは同じような状況で「細かすぎる」と言っ
た。そんなことまでいちいち確認していたら、すぐにバテて
長く仕事を続けられないよ、という忠告を添えて。

　自分の性格が嫌いだった時期がある。私の"シャープ"な
面を、周囲の人々は「細かすぎる」と言った。性格が几帳

面すぎるから、もう少しおおらかになったほうがいいという
言葉を幼い頃から聞きながら育った。

「細かい」という表現は一般的にネガティブに使われるか
ら、私は自分の性格を直さなきゃいけないと思っていた。

「どうしてそんなに細かいの？　適当に流せばいいでしょ」

　あえて几帳面に振る舞おうとしたわけじゃない。ちょっと
気になって確認しただけなのに、まるで悪いことをしたかの
ように責められた。だから私は神経質に見られないように性
格を直そうと努めた。

　10年以上かけてどんなに努力しても「細かい」と指摘さ
れる性格を変えることはできなかった。ちょっとした成果が
あったとすれば、他人の前でそれを隠すテクニックが身につ
いたということだ。

　身近な人々に「神経質な人」ではなく、「繊細な人」だと
言われるようになったのは、おとなになってからだ。

　多くの時間を文章を書いたり、絵を描いたり、音楽を聴い
たりして過ごした。そんなある日、胸に迫るものがあったと

きは、それらをすべて繊細に文章で表現していこうと決めた。その繊細さが、私の長所に、魅力に、競争力になった。

　以前はさまざまな出来事を鋭敏にとらえる性格を直さなきゃいけないと思っていた。でも今は、あらゆる状況を鋭く察知する繊細さこそが、多くの人々に共感してもらえる文章を書くための原動力だと信じている。

同じ一面を見ても
ある人は長所だと言い、
ある人は短所だと言う。
決まった正解はない。

まだ人生の半分も生きていない。
いや、もしかすると、4分の1も生きていないかもしれないのだから、
今の私がガラクタなのか宝物なのかは、
誰にも判断できない。

他人の評価を気にするのはやめた。

後ろ指を指す人もいるかもしれないけれど、

別の誰かは手のひらで
頭をなでてくれるだろうから。

背中の翼

失敗するのが怖いと感じたときは、こう考える。

私には、天まで届くほどの成功を収めた経験がない。

だから、計り知れないどん底に落ちることもないだろう。

失敗するとしても

石につまずいて転んで、

泥水にはまるぐらいのこと。

そうなったら、また立ち上がればいいだけ。

泥水を浴びたとしても、きれいな水で洗い流せばいい。

たかがその程度の失敗だ。

だから、挑戦する前から怖がらないようにしよう。

万が一、その失敗が
石につまずいて泥水を浴びるだけじゃ済まなくて
手足を骨折するレベルだったとしたら、
自分は今、試されているのだと考えよう。

もっと広い世界へと出ていく資格があるのか、
さらに大きな栄誉を享受する資格があるのか、
世界が自分をテストしているのだと考えよう。
大きな幸せが与えられる前のつらい試練。
幸せを味わうまでは、絶対に振り返らない。
やせ我慢してても乗り越えよう。

もしかしたら
背中から翼が生えてくるかもしれないよ。

風景を楽しみながら
歩んでいく人生

競走馬は目隠しで視界を一部遮られて
レースに出る。
ひたすら前だけを見て走れ、と。
しかし、私たちは前だけを見て走る競走馬にはなれない。
人生はあまりにも美しいから。

やきもきしてしまうときがある。望むものが手に入るまで、気をもんだり、落ち込んだり。

そう感じるのも無理もない。おなかがすけば食べたいと思い、疲れたら眠りたくなるのと同じように、望むものが得られないときに落ち着かない気分になるのは当然のこと。

だから、そのことに動じてはいけない。動揺した瞬間、目標がかすんで、迷走してしまう。

人生は、後ろから誰かに追いかけられるものじゃない。誰かに追い越されることもない。人生という唯一の道を、一人で歩んでいく。誰かに追われているような気がするのは、た

だの錯覚だ。金縛りに遭ったときに、幽霊を目にするような
もの。心の状態が万全でないから、いつも誰かに追われてい
て、競争しているように感じられる。

　すべての瞬間は自分との戦いだ。不安になったり焦ったり
せずに耐え抜けるだろうか？　今の状況が怖くて心配でも、
途中で投げ出さずに打ち勝てるだろうか？　目の前に迫りく
る問題を思い通りに解決できなくても、それを受け入れられ
るだろうか？

　一から十まで、すべて自分の中の自分との綱引きだ。何も
かも自分にかかっている。

　人生は続いていく。この道が果てるまで、歩き続けなきゃ
いけない。

　せっかく歩くなら、道ばたの風景を思いきり楽しんだほう
がいい。

　前だけを見て走っても、目的地に着くのが早くなるわけじ
ゃない。やみくもに走ったら、ゴールに到達する前に力を使
い果たしてしまうかもしれない。

　どんなに必死に走ったとしても、自分が求める結果を得られないことだってある。すべてを賭けたら、すべてを失うかもしれない。

　少し休んでも大丈夫。

　ちょっとぐらい休んだからといって、世界が逃げたり、あなたの価値が下がったり、能力が消えたりすることはない。
　風景を楽しむのは、難しいことでも大げさなことでもない。そっと頭を上げるだけで、青空とそこに絵を描く雲を見ることができる。ゆっくり歩けば自分の進みたい道をじっくり観察できるし、座って休めば行きたい方向について考える時間ができる。

　短距離選手とマラソン選手では、走るコースが違う。だから、どちらが先にゴールして、どんな記録を出したかということに意味はない。
　走る距離が違うから、そもそも比較の対象にならないのだ。
　急がなくても大丈夫。他の人より少し遠くにあるだけで、

ゴールがないわけじゃない。いずれは、目指す場所にたどり
着けるはずだから。

幼い頃、運動会のとき
おとなたちはいつも言った。
1等賞じゃなくてもいいから、最後まで走りなさい。
かけっこは誰が1等になるかを競うものじゃない。
スタートからゴールまで
あきらめずに走ることが大切だよ、と。

　　　だから、人生が少しぐらい遅れても大丈夫。
　　　ゴールにたどり着くことのほうが重要だから。

大丈夫、大丈夫、大丈夫

私は "大丈夫病" にかかっていた。
どんなときも大丈夫だと思い込もうとする病気。

体調が悪くても "大丈夫"。
誰かに陰口を言われていたと知っても "大丈夫"。

彼氏と別れたときも "大丈夫"。
いきなり職を失ったときも "大丈夫"。

私はいつも "大丈夫" だと言ってきた。

自分の本心とは違う "大丈夫"。
無難にやり過ごしたいという気持ちが生んだ "大丈夫" だ。

もう少し正直に明かせば、
大丈夫じゃなくていい理由を見つけられなかった。

泣き言を言ったって、体調はよくならないよね？
私の悪口を言っていた相手を問い詰めてどうなるの？
どうせ、彼とヨリを戻す気はないでしょ？
社長を責めても、会社には戻れないんじゃない？
どんな問いにも自信をもって答えることはできなかった。

抜け出せない状況の中で
私はあまりにも小さな存在だから。

だから必死で大丈夫だと思い込もうとした。
何もできないのに
ネガティブなことを考えても
自分が損をするだけだと思ったから。

だから、大丈夫じゃなくても、大丈夫じゃないとは
言えなかった。
大丈夫だという言葉を繰り返す癖がついてしまった。

幻影に心惹かれた

最近、誰かにぎゅっと抱きしめられる夢を見る。
顔の見えない黒い影がゆっくりと歩いてきて、
一人ぼっちの私を広い懐で包み込んでくれる。

つらい気持ちになることがある。

そんなとき、私は誰にも頼らずに一人で乗り越えようとするタイプだ。恋人や友人、あるいはお酒の力を借りるのではなく、ひたすら自分で解決しようと努める。

いくら親しい仲でも、私が愚痴ばかり言っていたら相手は疲れてしまうはず。だから、明るい面だけを見せて、楽しい話だけをするようにした。

誰かに「何か困ってることはない？」と聞かれたら、いつもこう答えた。

「うん、私は大丈夫」

"大丈夫"というのは便利な言葉だ。どんなに困難な状況に置かれていても、私が大丈夫だと答えれば、それ以上深く聞かれることはなかった。

　何が大丈夫なのか、どんなふうに大丈夫なのか、なぜ大丈夫なのかを気にする人はいない。

　大丈夫だと言っているんだから大丈夫なんだろうな、ということになった。

　私もそれを望んでいたのかもしれない。わざわざ重い話題を持ち出して雰囲気を壊したくなかったから。だから、どんな場でも私はいつも笑っていた。空っぽの目と空っぽの心で。

　でも、帰宅後は違った。つらい気持ちを思いきり吐き出して、一人で戦っていた。わんわん泣いたり、一日中ゲームをしたり、ひたすら眠ったり。日々のつらい出来事に耐えるために気持ちを引きしめた。

　はじめから一人で耐えていたわけじゃない。

　いつからか人と距離を置くようになった。かつては、誰か

に胸の内を明かしたり、しばらく頼ってみたりしたこともあった。

　でも、つらさを軽んじられたり、やっとの思いで打ち明けた悩みを言いふらされたりしたことが原因で、私は心の扉を閉ざした。

　その頃からだったと思う。一人のほうが気楽だと考え始めたのは……。

　一人になりたかったわけじゃない。デリカシーのない人々に傷つけられるよりは、孤独なほうがましだと思っただけ。でも、夢の中で顔も見えない存在に抱きしめられ、癒されている自分の姿を見て気づいた。

　誰かに寄り添って、頼り、痛みを分かち合いたい──それが私の本心だということに。

　でも、そうすることができなくて、必死で気づかれないように隠してきた。自分の本心と向き合うのが怖かったから。

一人のほうが気楽だと言いながら、
ひょっとしたら私は誰よりも
一人になるのが怖かったのかもしれない。

自分は孤独なんだと認めることができなくて、
否定しようと躍起になっていたから。

正直に言えば、一人にはなりたくない。
私だって、誰かと一緒にいたい。

誰かに抱きしめられながら、
　　ぐっすり眠りたい。

おとなになると
寂しくなると言うけれど

つらいときは君に頼りたいけど
大変なのは私だけじゃない。君も同じだと知っているから
今日もがんばって笑顔を見せる。

　昔は、つらいことがあれば誰かに相談していた。でも、誰もが大変な毎日を送っていると知ってからは、それができなくなった。

　自分の荷物を背負うだけで精いっぱいの人々に、私の荷物まで押しつけるわけにはいかない。

　喜びを分かち合えば倍になり、悲しみを分かち合えば半分になるというのは昔の話だ。競争がはびこる社会で喜びを分かち合えば嫉妬（しっと）の対象となり、ただでさえ疲れる社会で悲しみを分かち合えば憂鬱（ゆううつ）が伝染する。

「自分の役割を果たそう」

簡単な言葉だと思っていたが、実はこの世でいちばん難しいことだった。

　自分の役割を果たしながら生きていくということ。その大変さ。

　おとなになれば、すごいことができると思っていた。"井戸"の中にいた頃は、危機といっても雨による増水しかなくて、沈まないようにあがいているだけでよかった。

　大変だったけれど、つらくはない。なかなかうまくやれていると思っていたし、井戸の外に出れば何だってできそうな気がした。

　でも、いざ世間に出てみると、生きていくだけで精いっぱいだった。もう私を守ってくれる井戸の壁はない。稼ぎがなければ狭い部屋すら借りられない世の中で、自分より強い者に食われないように気を引きしめていなければならなかった。わずかな狂いが生じるだけで、餌食になってしまうから。

　自分の役割を果たすことの大変さは、体験してみなければわからない。だから私は、人に寄りかかれなくなった。私が大変なのと同じように、みんなも大変だとわかるから。みん

なも一日中、神経をとがらせてがんばっているのがわかるから、笑顔を見せる。お荷物になりたくなくて、当たり障りのない話ばかりする。他愛もないおしゃべりをする。

　本当に話したいことを、胸の奥にしまい込んだまま。

最近、寂しさを感じることがめっきり増えた。
以前は秋だけだったのに
この頃はどの季節も寂しい。
それほど寂しがり屋ではなかった私が
どうして突然こうなったのかわからずにいたけれど、
他人と心を交わせなかったことが原因みたい。
誰かに打ち明けて、すっきりしたい。

私は今、とても寂しいよ。
つらくて、おかしくなりそう、って。

おとなになると、寂しくなると言うけれど。
それは "打ち明けられない" という
寂しさだったらしい。

悲しみを
飲み込むということ

何かを楽しむのと同じように
何かを悲しむことにも寛容になるべきだ。
この世に意味のない感情はない。

　悲しみを乗り越えるために最も効果があるのは、期限を決めておくという方法だ。

　悲しみに襲われても気づかないふりをしたり、無理して気丈に振る舞ったりしたこともあったけれど、効果はなかった。

　悲しみを無視すれば、その一瞬はやり過ごすことができたとしても、押し殺した感情がやがて予期できない形であふれ出す。悲しみを見て見ぬふりしたせいで、憂鬱の泥沼へと落ちていくのだ。

　一見、平気なように見えても、笑顔で振る舞っていても、心の底から笑っているわけじゃなかった。感情があやふやになって、いっそう憂鬱になった。誰かと一緒にいるときは大

丈夫でも、一人になると悲しみが倍増した。

　これに気づいて以来、悲しみから逃げないことにした。

　それでも副作用はあった。めったやたらに悲しんでいると、どうしようもないほど疲弊する。

　今、時は流れているんだろうか？　カレンダーの日付は変わっているの？　季節は移ろっているのかな？　……歳月の感覚が消え去った。

　このままでは人生が危うくなってしまう。そんな中で見つけたのが、この方法だ。

　期限を決めて悲しむこと。

　1週間なら1週間、1カ月なら1カ月。その期間は思いっきり悲しんで、最終日が過ぎたら再び日常生活に戻る。自分と約束をするのだ。約束をするのも、約束を守るのも自分。

　もちろん、ちょっとした誤差が生じることもある。

　1カ月だけ悲しもうと決めていたのに、思い通りにいかず、予想より長く悲しみが続くことだってある。

　でも、そんなときも「そうか、もう1カ月経ったのね」

という思考がアラームのように鳴り響いて、徐々に悲しみが
癒えていく。

人は悲しみを抱えて生きている。
でも、頭のてっぺんまで詰まった悲しみを
さらけ出すことはない。

私はそれがとても心配。
人間にはさまざまな感情があって当然なのに
「悲しむことはよくないことだ」というマイナスイメージの
せいで、悲しみを表に出す人は多くない。

何かを喜ぶのと同じように
何かを悲しむことにも寛大になるべきだ。

　　　　　この世に意味のない感情はない。
　　　　悲しむことはよくないことじゃない。

困難に負けない
心が欲しい

生きていれば、いろいろな目に遭うものだ。

今まで私に起こった出来事は、

ささいなことなのかもしれない。

もっと大きな困難に見舞われることだってあるだろう。

つらいつらいとわめく私の姿は、もしかしたら

生まれて間もない子犬のように見えたかもしれない。

霧雨に降られただけで、びしょ濡れになってしまう私だから。

困難をすべて回避したいとは言わない。

それは私の欲。不可能なことだ。

だから厳しい状況に陥っても

黙々と耐えることができる心が欲しい。

あきらめてしまわないように。

気楽に生きたいのではなく、いい暮らしがしたい。
ここでのいい暮らしとは、お金をたくさん稼いで、
高いポジションに就くことじゃない。
やりたい仕事をして、その中で幸せを感じること。

お金や権力さえあれば、
何だってできる世の中。
だから、高収入を得て、
高い地位に就きたいという気持ちもある。

でも、せっかくなら幸せだと思える仕事でお金を稼いで、
実力で世に認められたい。
そんな人生を叶えるのは、
きっと簡単なことではないはず。

　　　　　　　だから、困難に見舞われても
　　　　打ち勝つことのできる強い心が欲しい。
　　　　　　逃げ出してしまわないように。

絶対に守りたい価値観がある。
価値観はそうそう揺らがないものだけれど、
人生においては、それを揺るがすような出来事が
起こることもある。

自分は正しい人間として生きていくのか？
その岐路に立たされ、試されているのかもしれない。
死ぬ日まで、この試練が繰り返されることもあるだろう。

でも、何度岐路に立たされても、何度試されても
迷わずに正しい選択をしたい。
正しいものと正しくないものを
見分けられない人間にはなりたくない。

　　　　　　だから、厳しい状況に陥っても
　　毅然と耐え抜くことができる心が欲しい。
　　　　　　弱気にならないように。

どんなに大変でも、耐え抜ける心が欲しい。

どんな状況にも真っすぐ向き合える生真面目さが欲しい。
自分を困らせることのないように。

どうか。

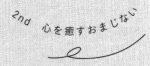

2nd 心を癒すおまじない

勇気を持って
恋をした

恋愛下手で悩んでいるあなたへ

別れを数えてみた

私たちは別れを繰り返しながら生きている。
年を重ねるにつれて、出会いより別れを
身近に感じるようになってきた。

　別れる勇気が出せなくて、こじれた関係に終止符を打てな
かったことがある。

　別れたほうがいいとわかっているのに、なぜか断ち切るこ
とができない。当時は、まだ相手への気持ちが残っているか
らだと思っていた。

　いつまでも踏ん切りがつかず、ずるずるとつき合い続ける
日々。今振り返ってみると、愛情が残っていたわけじゃな
い。恋人と別れて、一人で生きていく自信がなかっただけ。

　大事に伸ばしていた爪を切っただけでもしばらく寂しさが
残るのに、心の中にある思い出を手放したらどんなにつらい
だろう。それを味わうのが怖くて"終わった関係"にしがみ

つき、感情を注いで、傷を負った。

　伸びすぎた爪は曲がって折れてしまうけれど、思い出も同じ。切るべきときに切らないと、美しい思い出まで汚れてしまう。真っ白なスニーカーに泥がはねるみたいに。

　そのシミを消そうとして、結局すべての思い出を引っ張り出すはめになる。

　おとなになって感じたのは、私たちは別れを繰り返しながら生きていくのだということ。生きていれば、恋愛以外にもさまざまな別れを経験する。友人と別れたり、親元を離れたり、大切にしていた物を売ることになったり、夢が遠ざかっていったり。

　自分の中にあるものが外に出ていくこと、それはすべて別れだ。

　私たちは別れを繰り返しながら生きている。

　何かを手にするということは、失うものができるということ。

　以前は欲しいものができたら、とにかく手に入れないと気

が済まなかった。人でも物でも目標でも、手に入ればそれで満足だった。

　でも、永遠に自分のものになるわけじゃないと知ってからは、あまり嬉しく思えなかったりする。いつか、悲しい別れの日がやってくるかもしれないから。

　でも、今はもう怖くない。別れの後にはいまだに傷が残るけれど、広がった傷口を縫う方法も知っている。クールに別れることはできなくても、時が経てば受け入れられる。

　別れは特別なことではなく、生きていれば起こりうる自然な出来事だと思えるようになった。

別れの辞書的な意味は「お互いに離れて別々になること」。私はこれまでに何度ぐらい、自分の中にあるものと離れて別々になってきたんだろう。

　　　　　別れをゆっくり、数えてみた。

名前のない季節

君は私にとって、恐るべき季節だった。
季節は順番にやってきて、
飛ばそうとしても飛ばすことはできない。

君も同じ。
避けようとしても避けられなかった。
人生の中で、私が必ず通らなければならない歳月だった。
君は春ではなく、夏でもなくて、
秋ではなく、冬でもない。
君はすべすべしていて、
やわらかく澄んだ香りをまとっていた。

初めて出会った君という季節には
名前すらない。
でも、名前なんて要らなかった。
私が覚えているだけでいい。

君を思い浮かべると、鼻先に季節が感じられるから。

自分のことすらつかめていないけれど
私の中にいる君のことは覚えていられる。
それはきっと、私が君のことを好きだから。

数えきれないほどたくさんの君が、
丸ごと私の中に入ってきた。

はじめから決まっていた運命みたいに
君は私の隣にやってきた。
街ですれ違うだけの人々とは違い、
君は確信をもって、私のそばにとどまった。

偶然を運命に変えた君。
そして、君は私の世界になった。

愛になった。

初めての恋、
初めての別れ

思い出は、思い出だからこそ美しい。
当時の気持ちを再び味わおうとして過去を引っ張り出せば
美しかった思い出は煙のように消えてしまう。
思い出は、思い出であるときが最も美しい。

　私にとっては初めての恋で、初めての別れだった。

　恋愛は二人でするものだから、彼と一緒なら一歩ずつ歩んでいけた。でも、別れのつらさを乗り越えるときは一人ぼっち。

　食欲が失せて、涙が止まらない。虫歯の治療を受けるときよりもズキズキした痛みが心に走り、どうすればその痛みがおさまるのかわからなかった。

　それで私は、二人でよく一緒に歩いた道を訪れることにした。あの街角に立てば、彼の幻影が見えそうな気がしたから。優しく私の手を握るしぐさ、おどけた表情で私を笑わせる様子、イヤホンを片方ずつはめて音楽を聴く私たち。

今ではもう見られない光景が路上にふわふわ漂っている気がした。

　かつての私たちに足並みをそろえて歩く。彼は私よりずっと背が高くて、歩幅も広かった。私はいつもその後ろをちょこまか追いかけて、「もっとゆっくり歩いてよ」と文句を言った。そんな光景を想像しながら歩いてみた。

　あの頃の私。あの頃の私たち。

　いくらか気分がよくなったが、寂しさは増した。私の横を通り過ぎていくのは空気だけ。いつも左側にあったぬくもりを感じることは、もうできない。

　また涙が浮かんでくる。

　いつもの場所に彼がいないせいで、不在がなおさら大きく感じられた。

　別れはつらかったけれど、そのときまでは実感が湧いていなかった。一緒に歩いた道に彼がいないことで、私たちが別れたという事実を肌で感じた。

　他の人々は何気なく通り過ぎていく道でも、私にとっては
思い出がぎっしり詰まった場所。一歩ごとに胸がズキズキ痛
むのは当然だ。

彼とつき合っていた頃、その道はとても美しかった。
道に沿って咲くツツジ、
ところどころに置かれた休憩用のベンチ、
とても美しくて優しい道だと思っていた。

一人になってから訪れたその場所は
ちっとも美しくなんかなかった。

咲いている花より
折れて倒れた花が目立ち、
台風が通り過ぎたせいで
汚れて座れないベンチばかり。

路上で明るく笑う私の姿もない。
ぼんやりした表情で、ぽつんと一人立ち尽くすだけ。

あの人と何度も歩いた道に
あたたかく包み込んでもらえると思っていたのに
寂しさしか感じなかった。

　　　　　そのとき、胸がドキリと音を立てた。

美しかったのは、あの人と一緒にいる私。
笑ってはしゃぐ幸せな自分がいたから、あの道は美しかった
んだ。
笑顔を失った、孤独で不幸な今の私には美しく見えるはずが
ない。あの人と一緒に歩く道じゃないなら何の価値もない。
私の心をあたためてくれていた存在が一つ、消えた。

　　　　　全部、終わってしまった。

共 通 項 が 生 ま れ る

人を変えるためのベストな方法は、
自分がいい人になることだ。
相手が自分に似てくるように
コツコツと自分を変えていこう。

　人間は変われる。でも、簡単なことではない。もし変わったとしても、その人を変えたのはあなたじゃない。

　変化が可能なのは、本人が変わろうと決心したときだけ。変わるように仕向けようとしても無駄だ。

　あなたの言動は相手の変化を支えたり、心を動かす原動力になったりすることはあるかもしれない。でも、ダイレクトに人を変えることはできない。

　このことに気づく前は、私も他人に執着していた。

　もっといい人になってほしい、もっと立派な姿を見せてほしいと願った。要求が受け入れられないときはご機嫌をとろ

うとしたり、文句を言ったり、怒ったり泣いたりした。

　そのたびに相手は私の態度に反応したが、それもほんの短い間だけ。長くても1年。ただのその場しのぎでしかなかった。

　どうがんばっても変わってくれない相手を見ながら、自分の無力さに絶望した。

　私はこの程度の人間だったのかと自分を責め、相手の気持ちを勝手に決めつけた。

　私のこと、大切に思ってくれてないんだね。だから、変わるための努力ができないんでしょう？　こんな幼稚な考え方にあきれて、私のもとを去っていった人もいる。

　当時はわからなかったが、私の必死さは単なる "押しつけ" に過ぎなかった。

　私がよかれと思っても、相手にとってはそうではないこともある。そのことに気づかずにいた。ブロッコリーが体にいいのは知っているけれど、青臭さを我慢して食べるぐらいなら他のものを楽しく食べたい。私がそう考えるのと同じだ。

　私の意見を聞いて、変わろうと努力してくれた人もいたにちがいない。でも、一度身についた習慣を変えるには時間がかかる。努力の成果が現れるまで、私が待ってあげられなかっただけなのかもしれない。

　他人を変えるためのベストな方法は、自分がいい人になることだ。

　あなたがいい人になって素敵な姿を見せれば、相手に影響を与えることができる。あなたのことをいい人だと認識させれば、相手は刺激を受けて、あなたにふさわしい人になりたいと思うようになる。あなたを失うまいと努力するようになって、"いい人"を目指すようになる。

　誰かに対して要望があるときは、自分が率先してお手本を見せるのがいちばん。

　性格は他人がどうこうできるものじゃない。相手の気に入らない部分をあれこれ変えようとすると、不満が募ってケンカが増え、やがて愛ではカバーしきれない領域に達してしまう。

相手は自分ではなく、他人。
他人の心は、自分の心とは別のもの。
自分の心すら上手に扱えないのに
他人の心まで操ろうとするなんて欲張りなだけ。

自分の思い通りに相手を変えようとするのではなく、
望んでいることを共有しよう。
あるときはあなたの希望を伝え、またあるときは相手の希望
を聞く。

お互いの希望をすり合わせれば、
共通項が生まれる日がやってくる。

勇敢に恋をしたあなたへ

好きな気持ちが相手より大きいのは
悪いことなんかじゃない。

悪いのは、自分が優位に立つために
気持ちを利用する人のほうだよ。

あなたは何も間違ってない。
だから自分を責めないで。

あなたは誠意を尽くしたし、
自分の気持ちに正直だった。

計算ずくの駆け引きをして
アタマで恋をすることだってできたけれど

あなたは後悔を恐れず、

心の声に耳を傾けた。

勇敢に恋をしたあなたへ
「がんばったね」と伝えたい。

今まで本当によくやってきたね。
つらい恋を続けるのは大変だったでしょう。

だからもう、悲しむのはやめて
心のしこりを取り除こう。

この先にはきっと
幸せいっぱいの愛が待っているから。

これさえなければ
いい人なのに

どん底の自分をさらけ出すことになった相手とは
離れがたくても、縁を切ったほうがいい。
最悪の姿まで見せてしまう相手は
あなたを傷つける存在だから。

　私は争いごとが苦手で、たいていのことはやり過ごしたり、我慢したりしながら生きてきた。

　ケンカをすると結果の善し悪しにかかわらず、必ず後悔に苛まれる。だから、10年以上のつき合いがある友達とも一度もケンカをしたことがない。

　気持ちを無理に抑え込むのではなく、はじめから争いの火種をつくらないようにするだけ。

　私にとって、それはちっとも難しいことじゃなかった。

　ところが、こんな私を豹変させた人がいる。

　彼はいつも私をカッとさせた。つき合っているうちに恋人

と合わない部分が出てくるというのは珍しいことではないけれど、それで済む話ではなかった。

　支配的な父親に育てられた私は、「俺はいいけど、おまえはダメだ」という態度に耐えられない。ところが、彼はまさにこのタイプ。私にはするなと禁じたことを、自分は平気でやった。気が変になりそうだった。他の問題ならともかく、これだけは許せない。

　何度も伝えた。私にダメだと言うなら、あなたもやらないで。それが無理なら私にも強要しないで。約束してほしい、と。

　彼は私の要望を聞き入れてくれたように見えたが、染みついた習慣はそうそう変わらない。変化を待つべきだったのかもしれないけれど、それも簡単なことではなかった。

　火山が噴火するように感情が爆発し、そのたびに悲しくなった。よりによって、私の愛する人にこんな一面があるなんて。これさえなければいい人なのに、どうしてこんなに苦しまなきゃいけないの？

　神様が恨めしかった。

　ケンカが増え、週２〜３回は言い争った。投げ出してし

まいたいほどつらかったが、交際を続けた。彼を愛していた
し、たった一つ問題があるというだけで別れたくなかった。

　ケンカと仲直りを繰り返したあげく、ついに「この人とは
別れなきゃいけない」と決心したのは、見知らぬ自分の姿を
見てしまったときだ。

　どうしようもなく腹が立ったある日、自分でもぎょっとす
るような怒鳴り声が出た。

　感情むき出しの荒々しい語気に彼は驚き、私も動揺した。
どん底までさらけ出してしまった自分がみじめだった。

　ほかにこれといった理由はない。3年も耐えてきたせいだ
ろう。愛の力で困難を乗り越えてきたと思っていたけれど、
もはや愛ではどうすることもできない限界に達していた。

　愛は「それでも」と錯覚させる麻薬だ。

　どんな厳しい状況に陥っても、それでも、愛はいっそう深
まっていく。

　ただし3年も経てば、その効き目は薄れてしまうらしい。
「3年だなんて。私もよくがんばったな」と思った瞬間、怒
りが込みあげてきた。むき出しのまま……。

そんな自分にぞっとして、別れを決めた。

　いくら腹が立ったとはいえ、我を忘れて怒りをぶちまけてしまうなんてもってのほか。

　それまでは、これさえなければうまくいっているのだから、別れなくても大丈夫だと思っていた。

　でも、最悪の私を引き出す相手とは別れなきゃ。いくらおなかがすいていても、毒の入ったものは食べられない。彼は、私が関わってはいけない存在だった。

　どんなに愛していても、一緒に歩んでいくことはできなかった。

「これ以外は、何の問題もない」は、
恋愛において最も陥りやすい罠。

　　　　　「これ」を問題視するべきなのに
　　　　「何の問題もない」が強調されてしまう。

　　　　それが愛というものだから。

あなたの最悪の部分を引き出す人は
それが誰であろうと、あなたを傷つける存在だ。

別れるのは死ぬほどつらいかもしれないけれど
あとから、それでよかったと思える日が来る。

違和感を覚えたなら、離れたほうがいい。
時が経てば、きっと自分は幸せになれる、
という希望とともに。

歳月を重ねた愛

美しいものが欲しくなるのは自然なこと。
でも、誰もがそれを手にできるわけじゃない。
私は美しいものを持つ資格がある人だろうか。

　スーパーで買い物をして帰る途中、遠くから老夫婦が歩い
てくるのが見えた。
　おばあさんは足が不自由らしく、右手で杖をついている。
おじいさんは右手でピンク色の日傘をさし、照りつける日光
からおばあさんを守っていた。
　二人は無言で歩いているようだ。
　子どもは学校、おとなは職場にいる時間帯。私の足音とお
ばあさんの杖の音だけが辺りに響く。私たちの距離が近づい
てきたとき、おばあさんが急に立ち止まった。
　つらそうだ。その瞬間、おじいさんが他のことを考えてい
る様子で、そっぽを向いて何か言った。はっきりとは聞こえ
なかったけれど、どうやら独り言らしい。おばあさんと目を

合わせて会話をするのではなく、視線をあちこちに向けて、
独り言を言い続けた。

　夫婦とすれ違う瞬間、おばあさんが発した一言が聞こえ
た。

「やれやれ、くたびれた。もう大丈夫よ。歩けるわ」

　おばあさんがそう言うと、おじいさんの独り言がやんだ。
再び、おばあさんの杖の音が聞こえてくる。

　そのとき気づいた。おじいさんの独り言は、おばあさんに
気を遣わせまいという彼なりの方法なのだ。道の真ん中でぼ
んやり立って待っていたら、おばあさんはきまりが悪いは
ず。だから、あえて関係ない話をして時間をつぶす。私のこ
とは気にしないで、ゆっくり休みなさいという、おじいさん
の思いやりなのだろう。

歩みを止めた相手を置き去りにせず、
早く行こうと急かすわけでもなく
何でもないことだとさりげなく待つ姿に

歳月を重ねた愛を感じた。

私は今までどうだっただろう。
自分と意見の違う相手を責めたことはなかったかな。
私に合わせてくれないと文句を言いはしなかったかな。
相手のつらさに気づいてあげようとしていたかな。
相手の求めていることを知ろうと努力していたかな。

あの老夫婦のように
美しい愛を享受する資格があるのか、
自分を振り返ってみた。

愛の温度は変わる

春、夏、秋、冬
季節によって気温が異なるように

愛の温度も交際の時期によって
変わることがある。

愛は、絶対に熱くなきゃいけないわけじゃない。
ほんのりあたたかい時期もあれば、ぬるいこともある。

"倦怠期"という呼び方のせいで、
深刻な問題に思えてしまうだけ。

どんな温度であっても、慣れれば
ぬるく感じられるようになるものだ。

それは、愛が冷めたのではなくて

熱さに慣れたということ。

あの人を選んだ当時の
自分を信じて。

好きになって、心から愛して
この人だと決めたはずだから。

時が経てば慣れるから

ずっと二人でやってきたことを
ときには一人ですることになっても
静かに受け入れようと思う。
時が経てば、それにも慣れるだろうから。

　私と二人きりで食事をするために、他の人との約束を延期
するような人だった。
「そんなことしなくていいのに」と言っても耳を貸さず、私
に会うために駆けつけてきた。「おいしいものを食べさせて
あげたい」といつもじっくりメニューを選んで、私の前で明
るく笑っていた。
　これが彼の愛し方なんだなと思い、尊重することにした。

　彼は、私の前ではおしゃべりな人だった。ときどき気まず
い沈黙が流れると、奇想天外な話をして笑わせてくれた。食
事をするときも、メールをやり取りするときも、電話でも、

彼はいろいろな話を聞かせてくれた。

　これが彼の愛し方なんだなと思い、尊重することにした。

　数カ月経つと、彼は私に気を遣わなくなった。週末はいつも一緒だったのに、私に何の相談もなく他の約束を入れている。あるときは友達との約束、あるときは会社の同僚との約束、またあるときは……。

　今では、私以外の人々も目に入るようになったようだ。でも、これもまた彼の愛し方なんだなと思い、尊重することにした。

　変わることなんてなさそうに見えたあの人も、時の流れには逆らえないみたい。

　責めるつもりはない。彼には、私以外にも気遣わなきゃいけないことがたくさんあるから。彼の生活を変えた、招かれざる客は私だったのだ。

　でもこの数カ月間、精いっぱい尽くしてくれたから、私は平気。

　でも、心の片隅には、どうしても割りきれない思いがある。

　この人だけは違うと信じていたのに、やっぱり同じだった。気の置けない関係になると、私を一人にするようになった。

　新しいおもちゃが物珍しくて、しばらくは肌身離さず持ち歩いていても、目新しさがなくなれば興味が薄れていくようなものだろう。

　私は独り立ちの練習を始めることにした。一人で食事をして、一人で映画を観て、一人で旅行を楽しんでいた頃に戻って、自分の足で立ってみようと思う。

　彼と出会う前は、何でも一人で上手にできていたから。

　これからは恋愛に全力を注ぐのではなく、自分の人生に耳を傾けようと思う。

　彼とべったり一緒にいた頃は会えなかった友達とも会って、彼の話を一日中聞いていた頃には持てなかった自分の時間を持ち、「どうしてそんなに忙しいの」と不満を言う彼に気を遣ってできなかったことを始めようと思う。

　変わっていく私の姿を彼はどんなふうに受け止めるかな。

　一つ願うことがあるとすれば、彼が私を責めることがなければいいなと思う。

独り立ちの練習を始めるのは、私を一人にした彼のせいな
のに、なぜ急に変わったのかと問い詰められたら腹が立って
しまいそう。

　私にとっては"急"なんかじゃない。数えきれないほど、
つらい時間を過ごしてきたから。

　正直、とても悲しい。特別だと思っていた私たちの時間
が、ありきたりなものに感じられて。

　私たちも他の人々と同じように愛し合って、他の人々のよ
うに別れるのかもしれないという思考がふと頭をよぎる。

　彼が私に見せてくれた姿が他の恋とは違っていたから惹か
れたけれど、大きくなりすぎた気持ちをこれからは抑えてい
かなきゃいけない。

これも愛と言えば
愛なのだろう。

ずっと二人でやってきたことを
ときには一人でするようになっても
静かに受け入れようと思う。

時が経てば、それにも
慣れるだろうから。

　　　　　　　　"慣れる"という表現が
　　　　　　　　今日はやけに悲しく感じられる。

私の中に、
こんなにたくさんの君がいた

こんな君がいた。

愛してるという言葉がありきたりに感じられるほど
精いっぱい想いを伝えてくれた君。

過去のことが思い出せなくなるほど
幸せあふれる現在をプレゼントしてくれた君。

向かい合っているときでさえ
もっと会いたいと言ってくれた君。

冷え切った私の手をあたたかい手で包み込んで
ぬくもりを分けてくれた君。

ぽつんと腫れた赤いニキビを見て、
私の魅力がまた一つ増えたと言った君。

唇をつんととがらせていると
子どもと接するように私をなだめてくれた君。

二つの瞳に私を映して
この世のすべてを手にしたような表情を見せた君。

くねくねした字で便せん2枚をぎっしり満たして
澄んだ微笑みと一緒に手紙をくれた君。

素敵なこと、楽しいこと、幸せなことを私と共有するために
世界中の出来事に耳を傾けていた君。

私が好きなものと嫌いなものを
きちんと覚えてくれていた君。

　　　私の中に、こんなにたくさんの君がいた。
　　今でははっきり思い出すことすらできない、
　　　　そんな君がいた。

真夜中に送った
一通のメール

深夜にメールを送ったのは
つい感傷的になったからじゃない。
連絡してもいいかどうかわからなくて
迷っているうちに夜が更けちゃったんだ。

真夜中に突然、携帯電話が鳴って驚いたよね。

寝ようとしてたところかな。起こしちゃったんじゃないといいんだけど。受信トレイに見慣れた番号を発見して、戸惑ったかもしれない。まったく未練を見せなかった私からメッセージが届いて、首をかしげていると思う。

誤解しないでね。ありがちな感傷に浸って連絡したわけじゃないんだ。いま君を思い出したんじゃなくて、君のことを考えているうちに深夜になったの。

伝えたいことがあって連絡したよ。

別れたとき、何もかも君のせいにして去ってしまったこと

がずっと心にひっかかっていた。

　当時の私は憎しみでいっぱいになっていて、言っていいことと悪いことの区別がついていなかったの。

　余計な発言のせいで傷つけてしまった気がして、ずっと後悔していた。

　今も君が誰ともつき合っていないのは、自分のことをひどい人間だと思っているせいじゃないかと心配で……。まさかそんなはずはないと思いながらも、謝りたかった。

　これも一方的な押しつけだね。ごめん。

　あの頃は私にもわからなかったの。いつも私をむしゃくしゃさせる君のことをひどい人だと思ってた。

　でも、君がひどい人間だから傷ついたわけじゃない。私たちの考え方が違いすぎていただけだよね。

　だから君も、私と一緒にいて腹が立つことが多かったと思う。でも、あまり表に出すことがなかったのは、きっとたくさん我慢してたからだよね。私に不満がなかったわけじゃなくて、耐えながら過ごしていたんだよね。

　私は君にすべてをぶつけても気持ちが収まらなかったのに、そうすることすらできなかった君はどれぐらい傷ついて

いたんだろう。想像もつかないよ。

ごめんね。私が悪かったんだ。
だから君にも幸せでいてほしい。
あんまり元気そうじゃないっていう噂を聞くたびに
心が痛むよ。

こんなメールをしても
君の気持ちをかき乱すだけかもしれないと思った。
悩んでいるうちに深夜になったよ。
眠りを邪魔するつもりはなかったけど、
起こしちゃったかな。ごめんね。

連絡しようかどうか迷う必要がないぐらいに
どうか、君には幸せになってほしい。

本心だよ。心からそう願ってる。

不公平な別れ

私があの人を失ったんじゃない。
あの人が私を失ったの。

こんなに素敵な私を逃しちゃうなんて。
損をしたのは、あっちだよ。

別れがつらいのは、私のもとを去っていく "すべてのこと" を見送る準備ができていなかったから。

週末になるたびにおしゃれして出かけていた自分も、食べたいものが思い浮かんだらいちばんに連絡する相手も、寝る時間になると届く携帯電話のメールも、まだ手放したくない。

終わらせたかったのは、私の心を傷つける "あの人" だけなのに、他のものまで全部消えてしまった。それが別れだ。

私にとっての別れとは、あの人だけではなく、大切にしていた日常生活の小さな習慣まで手放すということだった。

別れの前で、私は弱い存在だった。

　誰かを忘れようとするときより、習慣を変えるときのほうがつらさを実感する機会が多い。

　だから、彼よりも不利で不公平な別れだと思った。私のほうが苦しくて、忘れなきゃいけないことが多かったから。

　いつしか恋愛を面倒なものだとみなすようになった彼と違って、私は別れる瞬間まで相手が少しでも変わってくれることを願っていた。

　きっとまた愛し合えるはずだという希望が消えた頃、私はあの人を失ってしまったと考えた。自分の中にあった何かがすべて抜け出てしまったような気がした。鳴らなくなった携帯電話、あり余る時間、クローゼットにしまい込まれたままのスカート、とめどなくあふれる涙、消えた食欲。

　私をぎっしり満たしていたものたちが一日にして消え、すっかり気が抜けて、むなしさを感じた。持っていたものを失ったという思いがしきりに私を苦しめた。

　人の心はそういうもの。最初からなかったならともかく、あったものが消えてしまうと、とたんに暗い気持ちが湧き上がってくる。

　平気でいられる日もあれば、耐えられそうにないほど悲しい日もあった。何の感情も湧かない日があったかと思うと、心臓の中にハリネズミが座っているような日もあった。

　彼を恨んだこともあるし、食事中にスプーンをくわえたとたん涙があふれ出してきたこともある。

　私の心を揺るがすのは大金でも名誉でもなく、あの人の一言だった。

　そんな彼が私を崖<ruby>崖<rt>がけ</rt></ruby>っぷちに追いやったと思うと眠れなかった。一日に数万回も上下に振動する波のように、私の気持ちも激しく揺れ動いた。

　はてしない闇の中を泳ぎながらも、水面に上がって息ができるようになったのは、ちょっとした発想の転換のおかげだ。

　私は彼を失ったわけじゃない。

　彼が私を失ったんだ。

　主語と目的語を入れ替えただけなのに、その意味は大きく変わった。

　私は彼と過ごした過去を思い出して苦しんでいたけれど、

彼はもう私との未来を過ごすことはできない。守るべきことを守っていたら、私は彼にもっと大きな幸せをあげられたはずなのに。

　あの人は、幸せな未来をもたらすことのできる私を逃したんだ。

　一日中連絡を取り合ったことも、週末のデートも、おいしい店を探した思い出も、時が経てば薄れていく。新しい恋愛を始めたら、また他の人によって満たされる領域だ。

　でも、私ほど彼を理解して気遣い、思いやって、信じて、愛することができる恋人に再び出会うのはきっと難しいはず。

　私が失ったのは代わりの利く部分。でも、あの人が失ったのは、代わりが利かない部分だった。

　　　　　　　私は習慣を失い、
　　あの人は"私そのもの"を失ったから。

別れに負ける

別れに勝者と敗者が存在するとしたら、
勝つのは、早く忘れた側。
自分の人生を誰が通り過ぎたのか思い出せないほど
きれいさっぱり消し去った人の勝ち。

別れは、かくれんぼみたいなもの。一方がこっそり隠れた
ら、もう一方が鬼になって探す。

隠れるのはもう未練がない人で、探すのはまだ吹っ切れて
いない人。

鬼は別れを受け入れられるようになるまで、あたりをきょ
ろきょろ見回しながら、相手を探すことになる。

横断歩道の前で信号が変わるのを待ちながら、「ひょっと
したら向こう側にあの人が立っているかも」。相手がよく利
用していた地下鉄の路線に乗ると、「もしかしたら、あの人
が乗っているかもしれない」。一緒に行ったレストランで食
事をしながら、「あの人もここに来るかもしれない」。ありふ

れた日常の中で、かくれんぼは続く。

　毎日かくれんぼをしていると、心臓がドクンとすることもある。あの人に似た後ろ姿が目に入ると、胸が苦しいほど高鳴る。ドキドキドキドキ。

「追い越して、顔を確認してみようかな。
　ダメだ、もし本当にあの人だったらどうするの。
　でも、この機会を逃したらもう二度と会えないかもしれない……」

　頭の中では、早くも悲しい音楽が流れるドラマが誕生している。
　一つ確かなのは、探す側のほうがつらいということ。
　隠れる側とは違って、鬼は複雑な感情に悩まされる。どうしてこんなに上手に隠れちゃったのかなと悔しく思いつつも、ケガでもしているんじゃないかと心配になる。早く見つけたいけれど、永遠に見つからなければいいのにとも思う。
　そのうち、虚空をつかもうとしている自分がひたすら痛ましく感じられる。

別れは、時が流れれば終わるというものじゃない。

鬼が「もう見つけられない」と降参したときにようやく終わる。

心の中にあった未練が消えて、かくれんぼはもう終わりにしたいという気持ちになる。

そして気づく。最初から、誰も隠れてなんかいなかったということに。自分で勝手に隠して、自分一人で探していた。

本当にむなしくて、長いかくれんぼだった。

このかくれんぼの勝者は
鬼に見つからないように遠くへ逃げた人ではなく、
うまく隠れた人を素早く見つけた人でもない。

早く忘れた側の勝ち。
探している相手がいることも、隠れている人がいることも
すっかり忘れて暮らしている人が別れの勝者だ。

だから、この別れは私の負け。

君に送れない
一通の手紙

君なしじゃ生きていけないと思ってたのに
君がいなくても平気だった。
私のすべてだった君が消えても、生きていられるなんて。
本当に情けなくて、むなしいよ。

だいぶ時間も経ったから、元気に暮らせるようになった
よ。

　君がいなきゃ無理だと思い込んでたのに、なんとか生きて
る。「時が薬になる」っていう言葉はあんまり好きじゃない
けれど、この言葉を支えに忙しく過ごしてきたんだ。

　はじめのうちは、現実が夢で、夢が現実みたいに思えて、
別れたという事実を否定してた。

　でも今は、君が他人になったということを完全に受け入れ
て生きているよ。

　別れてからしばらくは、いつかまたやり直せると思って
た。あのときは腹立ちまぎれに思わず別れに同意したけれ

ど、お互いの不在を実感する頃になったら、また会えるような気がしてたの。

　だから、再会できる日を待ちながら一生懸命生きてきたんだ。

　別れてから３カ月が過ぎて、半年が過ぎて、１年が過ぎたとき、やり直すにしてはずいぶん遠くまで来ちゃったなという気がした。

　君もそう思ったんじゃないかな。

　やり直そうという気持ちがあったなら、どちらからともなく連絡を取り合ったはずだよね。１年経っても再会できていないのには、それなりの理由があるんだと思う。

　私もそうだったから。毎日ドロ沼の言い争いをして、泣きわめいて、正直とてもつらかった。君から連絡がないのも同じ理由なんだろうなと思ったら、やっと「私たち、本当に終わったんだな」って終止符を打つことができたよ。

　ときどき、君の友達が近況を聞かせてくれた。みんな、私たちが別れたことをまだ知らないみたいで、気まずそうな様子はなかったよ。

私の口から知らせるのもおかしい気がしたから、適当に話を合わせておいた。

　1年も経ったのに、どうして別れたことをまだ友達に話してないのかな。

　君に連絡して理由を尋ねたかった。長いメッセージを書いて、君の携帯に送ろうとした。でも、送信ボタンは押せなかったよ。まるで、連絡する口実を探していたみたいだから。

　別れたことを友達に知らせていない理由なんて、きっと大したことじゃない。単に説明するのが面倒だとか、同情されたくなかっただけだよね。

　それをわかっていながらメッセージを送るなんて、やっぱり未練がましいから。愛していた人にそんなふうに思われたくなくて、結局、送信ボタンは押さなかった。

　君がいなきゃ生きられないと思ってたのに、そうじゃなかったよ。

　本当に情けなくて笑っちゃう。君は私のすべてだったのに、すべてがなくなっても生きていられるなんて。おかしいよね。

　ずっと私のすべてだと思って愛していた。

　あの気持ちは嘘だったのかな。何事もなく生きていけるのなら、私はどうしてあんなに苦しみながら関係を続けようとしたんだろう。

　愛って、こんなに価値のない存在だったのかな。

　愛じゃないものには何の意味もないと思っていたけれど、この世には他にも意味のあることがたくさんあった。それを知ってからは、違和感を抱きながら相手に振り回される恋愛をする必要はなくなった。

　こんな文章を淡々と書けるほどに、私の心の中の君は小さくなったよ。

　以前は、君と似た名前を目にするだけで胸がドキッとした。こんな日々がずっと続いたらどうしようと思っていたけれど、余計な心配だったみたい。

　君はどんなふうに過ごしているんだろう。何をして暮らしているんだろう。仕事はうまくいっているのかな。たまには私を思い出すこと、あるのかな。新しい恋をしてるんだろうな。君の隣に私以外の誰かがいる想像をしたことはなかったけど、今ではそれが現実だよね。

君が好きだった曲を偶然耳にしたから
忘れていた君のことが思い浮かんで、未練混じりの文章を書いた。

思うままにノートに書き綴ったこの文章が君に届くことはないけれど、
それでも、もしかしたらと思いながら小さな星を浮かべる。

今夜、流れ星が見えたら
それはきっと君へと向かう私の星。

その星を見て、私を思い出してくれたなら、
それだけで嬉しいよ。

ありがとう。

別れを知らなかったなら

向こう見ずな恋ができたあの頃が懐かしい。
別れを知ってしまってからというもの
恐れ知らずに突っ走ることができなくなった。
別れが怖いから、愛するのも怖い。

　ある人にとっての初恋の人であり、初めての恋人だったことがある。

　私の初恋は、その人ではない。私はそれまでに片思いをしたこともあったし、恋人とつき合った経験も別れた経験もあった。

　つまり、もう恋愛に幻想を抱いてはいない状態だった。

　かつては私も信じていた。愛は永遠に続く、一生懸命努力すれば別れることなんてない、と。

　でも、悲しいことにそうではなかった。永遠に続くものなんてない。もちろん、感情だって同じことだ。

一時は触れることすらできないほど熱かった愛が、一瞬にして冷める様をこの目ではっきり見た。

　どんなに努力をしても、別れはやってくる。どちらか一方だけががんばる関係は長続きしない。

　あまりにつらくて、恋人ができても傷つかないように気持ちをコントロールするようになった。

　あえてそうしようとしたわけじゃない。本能的に習得したと言ったほうが近いかもしれない。心を痛めたくなかったから。

　ところが、心の距離をコントロールすることで、安定した恋愛ができるようになった。ありったけの思いを注ぐ恋はつらかったのに、頭で考える恋愛は揺らがない。ケンカになることもなかった。

　それまで、愛は心の領域だと思っていた。だから、心が命じることを頭で判断するべきじゃないと考えていた。

　それがいけなかったのかもしれない。私の恋愛が波乱の連続だったのは、心を使いすぎて傷ついたせいだ。湧き上がる感情を鎮めて理性的に行動してみたら、恋愛は穏やかな湖のようだった。あたたかだった。

　こんな恋愛も悪くない。怒ることも泣くこともなかった。

　ところが、私を初恋の相手だと言ったその人は、思いのすべてを注いでくれているようだった。まるで昔の私みたいに。愛が去った後の景色を知らなかった頃の私のように。
　怖いもの知らずのその人は、ざぶんと恋に飛び込んだ。
　彼の愛は活気に満ちていた。勢いがあって、澄んでいる。駆け引きすることなく、無条件に情熱を注いでくれた。
　彼のすべては、私のためのものだった。
　羨ましくなった。ありったけの思いを注げるということが。そうはできない私とは違って、それが当然だと思える彼が羨ましかった。

日が沈んだ後の
暗い夜の寂しさを知らずにいれば、
愛に向き合う私の態度も違っていたかもしれない。

別れを知ってしまった私はもう、
気持ちを丸ごと捧げる恋はできないけれど。

別れを知らなかったとしたら、
私も少しは違っていたのかな。

それは意味のないこと

去っていった人をいつまでも心にとどめていたら
新しい人が入ってくる余地がなくなってしまう。

それだけ悲しんだら、もう充分。
新しい幸せを迎え入れよう。

　大好きだった人と別れた後、自分の中心を失って生きていた時期がある。

　私はなかなか人を信じられない性格で、人の気持ちに関してはなおさらそうだった。

　でも、彼は信じられないことを信じたいと思わせてくれる人だった。誰に命じられたわけでもないのに、心を許したくなった。

　そんな彼との別れは、私にかなり大きな苦しみをもたらした。

　恋人と別れたのは初めてではなかったけれど、まるで初め

て経験したことのようにうろたえた。

　自分から別れを告げたのに、現実を受け入れられない。いつかまたやり直せる日が来る気がして、別れたことを誰にも話さなかった。一度別れて復縁したと知られたら、周囲の人々が私たちの関係を軽視するかもしれないと思ったから。

　まるで、まだ別れていないかのように暮らした。

　でも、そんな演技は長続きしなかった。つらい気持ちを見透かされたのかもしれない。何も話していないのに、元気かどうか尋ねられることが増えた。

　1年経ってやっと、私は自分たちの別れを受け入れた。

　ある日は彼を憎らしく思い、ある日は彼に感謝して、ある日は悲しみに襲われ、またある日は腹が立った。1時間ごとに感情が揺れ動く日もあった。満ち潮のように感情が押し寄せ、引き潮のように遠のいていくと、寂しさがひしひしと迫ってくる。そう、これが別れというものだ。

　新しい出会いが必要だと思った。新しい人とつき合って、新しい感情を抱けば、過去の痛みが消えるかもしれない。

　これまで顔を出さなかった集まりに参加したり、初めて誰

かを紹介してほしいと知人に頼んだりもした。もはや私は、私じゃなくなっていた。

　知り合いが多くなると、新たに覚えるべきことや気遣うべきことも増えて、気が紛れた。

　でも、そのときだけだった。他の人々がいる場所、その時間だけのこと。予定をすべて終えて帰宅し、明かりの消えた玄関のドアを開けると、また振り出しに戻ってしまう。

　漆黒の闇に差し込む光の筋が、彼との思い出を照らし出す。否応なしに浮かび上がってくる記憶を消そうと慌てて電気をつけると、思わずため息が漏れた。

　私はまだ、別れの真っただ中にいるのね。

　彼が私の周りをぐるぐる回っているから、誰と出会っても意味を見出せない。心の中にちょうど一人分の空間があるのに、彼が入っているせいで誰も入れない。

　1年半が経って気づいた。1万3000時間が経ち、四季が一周して、さらに二つの季節が過ぎ去ってから、ようやく気づいた事実だった。

だから私は、一人分のスペースを占めている彼を、心の中から追い出すことにした。消せなかった携帯電話の番号や写真、メッセージ、手紙やプレゼントをすべて捨てた。記憶まで消せるわけではないけれど、まずは目に入らないようにしようと思った。

　新しい人に会うのもやめた。体を酷使して死ぬほど働くのもやめた。"別れによっておかしくなった自分" を整え始めた。そして "普通の私" を取り戻そうと努力した。

　心の中に彼がいる状態が普通なのではなく、あの人のいない "普通の自分" を取り戻すために。

　心がずいぶん軽くなった。心の片隅にあった重さがやっと消えた。

　それまでは、時が過ぎれば自然につらさが和らぐと思っていた。「時間がすべてを解決する」という言葉もあるから。

　1年半も吹っきれずにいるのにその言葉を疑わなかったのは、もっと時間が必要だと考えていたせいだ。彼をとても愛していたぶん、別れを受け入れる時間も長くかかるのだと思っていた。

　でも、そうじゃない。彼を心から追い出せず、あてもなく時間を過ごすことには何の意味もない。

　私、ちゃんと別れられていなかったんだ。

　きちんと別れを受け入れたら、周囲を見回す余裕ができた。
　近くにあるものが見えるようになって、新しい幸せがやってきた。私を幸せにしてくれる新しい出来事が起こり、私をワクワクさせてくれる人が近づいてきて、私を楽しませてくれる未来が拓けた。

そして私は、現在を生きることになった。
それまでは彼と別れていない"過去の私"として生きていたけれど、今では明日を期待しながら眠りにつく"現在の私"になった。

　　あの人がいた場所を空っぽにしたら
　　心の中に新しい何かが入ってきた。

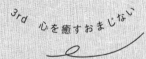

3rd　心を癒すおまじない

ひたすら、
心のおもむくままに

他人の視線に心が揺れ動く日は

いつか過ぎ去るから

頭の中に小さな箱を作って
心配事を入れてみてください。
そして箱のふたを閉めます。
少し、楽になれるはずです。

あらゆる心配事に頭を占領されて、何も手につかない日がある。

やるべきことは山積みなのに、あれこれ悩んでいるうちに時が流れてしまう。時計の針だけが進み、やり終えたことは一つもなくて、気持ちばかりが焦る。

そんなとき、私は頭の中に小さな箱を作る。そして、その中に心配事を入れる。ホコリのように飛び交っていた心配事を全部しまい込んだら、箱のふたを閉めて頭の片隅に追いやる。

できたての箱はまだ脆くて心配事が飛び出してきそうになることもあるけれど、頭の中にはしばしの平和が訪れる。

　最初は、箱を作ることすら難しい。でも、目を閉じて練習を繰り返せば、心配事が増えてきたときに自然と箱を作り出せるようになる。

　この箱を作る理由は簡単だ。心配事を放っておくと、水を吸った綿のように重くなる。最初は大したことのなかった出来事がどこかで水を吸ってきてふくらみ、頭をいっぱいに埋め尽くしてしまう。

　一つしかない体で、限られた時間内にやるべきことをやるには集中力が要る。

　いつの間にかふくらんだ心配事のせいで一日が台無しにならないよう、ごく小さな箱にしまい込む。すると、箱のサイズに合わせて心配事の体積が小さくなって、悩むべきこととそうでないことを見極められるようになる。

　すべての心配事を一気になくそうとするのではなく、しばらく先延ばしにするのだ。慌てないで一つずつ、ゆっくり問題を解決していくために……。

夜空に輝く銀河が見えますか？
今にも目の前にあふれ出してきそうですが、
実際ははるか遠い場所にあります。

あなたの心配事も同じこと。
今にもあふれ出してきそうに思えますが、
あなたをなぎ倒すことはありません。

日が昇ると星が見えなくなるように
時が過ぎれば、心配事も消え去るでしょう。
いつのことか思い出せないぐらい、きれいさっぱりと。

　　　　　だから、そんなに心配しないで。
　　　　　　いつか過ぎ去るから。

限界を克服する

壁にぶつかって、さまよっていても
やがては出口を見つけて、出ていけるよ。
疲れ果てて床に座り込んでしまっても
あなたはきっと立ち上がるはずだから。

　人生には、足元にとても太い線が引かれたように感じられるときがある。「君はここまで。この線を越えないように」と警告されたかのように。

　この線を"限界"と呼ぶ人もいる。周囲の人々は私に、限界を飛び越えるべきだと言った。それができるかどうかは、能力ではなく、心構えにかかっている、と。

　限界を飛び越えられないなら、そもそも心構えが間違っているのだ、と。だから、幼い日の私は自らを鞭打った。誤った心構えを持つ子どもにはなりたくなかった。

　そして知ったのは、努力で達成できることもあれば、叶わないこともあるということ。おとなたちは幼い私にそのこと

を教えてくれなかった。

　限界は、確かにある。不足していたのが努力にせよ、持って生まれた才能にせよ、限界というものは存在する。

　でも、それは"失敗"とは違う。別の道を歩むべきだと教えてくれる案内板に過ぎない。目標を達成できなければ悔しいけれど、限界は希望をくじくものではない。この世の終わりのように思えても、人生が狂うわけじゃない。

　まるで迷路のように、人生にはいくつもの分かれ道がある。

　あなたはこの世に生まれて迷路の中に入り、今は出口を探しているところだ。限界にぶつかったのは、迷路の分かれ道で左に曲がる道を選んだ結果に過ぎない。

　それならまた、右の道に戻れば大丈夫。

　左側を選んだことは失敗や間違いではないし、道を外れてしまったわけでもない。あなたはただ、着実に迷路を解いているだけだ。

　あなたはこれからもたくさんの分かれ道の前に立つことになる。そして、その迷路の中でさまようこともあるだろう。でも、出口は必ずある。

水彩画を描くときは、4Bの鉛筆で下絵を描く。

でも、人生の下絵を描くことはできない。

どの瞬間の選択も本番で、

その選択が自分の未来を決める。

だから、何かを選ぶときはいつも怖くなる。

私の選択が人生という絵画を台無しにしてしまうかもしれな
いから。

でも大丈夫。

やり直したくなったら、新しい画用紙にまた描けばいい。

人生は一度きりだけど

人生を描く画用紙は1枚じゃないから。

筆をとって、パレットの絵の具をすくおう。

あなただけの色で、

あなただけの絵を描くために。

景色が美しい場所

あまりにもつらくて、地面に額がつきそうなほど
深くうつむいている私に
「何とかなるよ」なんて言わないでほしい。
どうすることもできなくて落ち込んでいるのに
そんなふうに言われたら
ただでさえ重い心に、石を乗せられたような気分になるよ。

あまりにも悲しくて、バケツいっぱいの涙を流している私に
「つらいよね。全部わかるよ」とは言わないでほしい。
同じ状況でも、人によって苦痛の感じ方は違うのに
そんなふうに言われたら
こうあるべきだという枠に押し込められるような気分だよ。

言葉じゃなくてもいい。
この世に一人じゃないと感じさせてくれたら嬉しいな。

私がひどく苦しんでいるとき、隣に座って
同じ空気を吸ってくれたら、それだけでもう充分。

うずくまっている私を
無理に立ち上がらせるんじゃなくて、
のんびり座れる場所を教えてくれたら
それが私にとって大きな慰めになるよ。

そこが美しい景色の広がる場所だったら
なおさら嬉しい。

一人でいたくない

空に穴が開いたかのような土砂降りの雨も
いつかはやむと知っている。
だとしたら、私に降り注ぐ不幸も
いつかはやむだろう。

誰かに「元気？」と聞かれたら、私は「元気じゃない」と答えたい。

一人で浴びる雨はとても痛くて、寂しくて、悲しい。ただひたすら恨めしい。

傘も持っていない私に、どうしてこんな大雨を浴びせるの？　ただでさえ苦労しながら生きているのに、どうして絶望ばかり感じさせるの？

納得できなくてモヤモヤする。

降り注ぐ雨が冷たすぎて、ひどい風邪をひいてしまいそう。まっすぐに立っていられない。

私は弱いから、ありふれた風邪をひいただけで熱がぐんぐ

ん上がって、震える体を支えられなくなる。

　まるで納得がいかない。「神様は乗り越えられる試練しか与えない」と聞くけれど、神様は私を買いかぶりすぎなんじゃないかな。私はこんな苦痛に耐えられるような人間じゃない。くしゃみをするだけで心臓がズキッとするし、鼻が少し詰まっただけで呼吸が苦しくなる。

　私はとても弱く、脆くて、はかない。

　雨が降らなかったら、どんなにいいだろう。

　私には雨をしのぐ傘がない。雨に打たれて耐えられるほど丈夫でもない。

　寂しい。寂しくて、涙が出てくる。つらいときに頼れる場所が誰にでも一つはあると言うけれど、私には心のよりどころもない。

「周りの目があるから泣けない」と言う人もいるけれど、私には顔色をうかがう相手もいない。

　どんなに泣いたって誰も気にしない。私の頬を流れているのが雨水なのか涙なのか、心配する人は一人もいない。

　凍えそうなほど冷たい雨を浴びている、愚かな人に見える

だけ。

　目の前がぼやける。半乾きの絵に水滴を落とすと、画用紙いっぱいに絵の具が広がっていくように、世界が私の涙に染まっていく。

　目じりにたまったあたたかい涙が冷たい雨と出合うと、頬に生ぬるい水の糸が流れる。これが、私の泣き方だ。寂しくて、込み上げてきた涙。

　泣いたから雨が降ってきたのか、雨が降ったから泣いているのかわからない。

　思いきり泣いたら、とめどなく降り続くこの雨がやんでくれるといいな。雨が降るたびに、自分が傘を持っていないことを思い知らされるから。

　どんなに欲しがっても、傘が手に入らないという現実がつらい。だからもう雨が降りませんように。

　いつかはこの雨もやむということを知っている。雨がやめば、ひどい風邪が治ることも知っている。幸せが永遠ではないように、不幸もまた永遠ではないから。

　雨がやんで風邪が治ったら、もっと素敵な世界が私を迎え

てくれますように。

　一人ぼっちで雨に打たれることのない、そんな世界が贈り物のようにもたらされますように。

　風雨が吹きつけて台風が襲ってきても乗り越えることができたのは、こんな一筋の希望を抱いていたからだ。

　苦労ばかりが続くことはないだろう。つらい人生だけを生きることにはならないはず。素敵な日々が訪れるはずだと信じて、何とか耐え抜いてきた。

　希望すらなかったら、何のために生きているかわからなくなってしまっていたに違いない。

だとしたら、望みを変えなくちゃ。
「雨を降らせないで」と願うのではなく
一人ぼっちで雨に打たれることのない世界を望もう。

私は雨が嫌いなわけじゃなくて
一人で雨に打たれたくないだけだから。

雨がやむようにつらい人生が終わり、

風邪が治るように心の痛みが消えますように。

もうこれ以上、一人でいたくない。

あなたを好きな理由

あなたへの気持ちが大きくなるにつれて

不安になってきた。

あなたは私のことを、明るくてポジティブで

溌剌（はつらつ）とした人だと思っているみたいだから。

それは私の一部に過ぎない。

他の人々に陰を見せたくなくて

必死で創り出した仮面。

実際の私はすごく暗くてネガティブで、

心にたくさん傷がある。

私の家族はあまり仲がよくなかったし、貧しかった。

人に苦しめられたことも多い。

だから、私の心は鋭くとがっているの。

誰にも傷つけられないように完全武装しているというわけ。

これまでの人生で、

傷つかないように私を守ってくれる人はいなかった。

自分で自分を守るために
強くなるしかないと決心したの。
そんなふうにいつも神経をとがらせていたら
ナーバスでネガティブな性格になってしまったんだ。

このことをちゃんと伝えるべきだと思ってた。
私に対する、あなたの気持ちが大きくなる前に、
そして、あなたへの私の気持ちが大きくなる前に。
見せたことのない私について話したら
あなたはこう言った。

「なんとなく、そんな気がしていたよ。
でも大丈夫。僕もそうなんだ。
うちもあまり家族仲がよくなくて貧しかったし、
暗い気持ちで毎日を過ごしていた時期があった。
僕も自分を守るために必死で生きてきたんだよ。
そんな中で君に出会った。
僕もいつ君に話そうかと悩んでいたけど、
先に勇気を出してくれてありがとう。
ひょっとして僕のこと、嫌いになった？」

あなたの言葉を聞いたとたん、涙があふれ出した。
安堵の涙だった。
あなたに憎まれることはないとわかったから、嬉しくて。
本当は、話すのがちょっと怖かったんだ。
あなたが私にがっかりして去ってしまったらどうしようと思って。

でも、そんなふうにはならなかった。
あたたかく抱きしめてくれた。
それぐらい何でもないことだと、励ましてくれた。

あなたは私に聞いたよね、僕を嫌いになったんじゃないかって。
まさかそんなわけない。前よりもっと好きになったよ。
傷ついた経験のある人には、傷ついた人の気持ちがわかるんだって。
私たちは二人ともその痛みを知っているから、
お互いの陰を理解することができる。

ちょっとしたことで、なぜわんわん泣いてしまうのか、

他人に軽く触れられただけで、なぜギョッとして後ずさるの
か、
なぜ起こってもいないことを恐れて不安がるのか。
傷ついたことのない人々にはわからない領域を
私たちは理解し合うことができる。
もし理解できないことがあっても、誤解が生じることはない
はず。
一つひとつ説明しなくても、気持ちを察することはできるか
ら。

　私はあなたが傷ついたことのある人だから好きだよ。
　しわくちゃで傷ついた心を持っているから好きだよ。
　　　　　　傷が似ているから好きだよ。

心だって充電が必要

携帯電話のバッテリーを充電するみたいに、
人の心だって充電しなきゃいけない。

携帯電話は充電切れにならないように
モバイルバッテリーまで持ち歩いているのに
どうして心の充電は疎かになってしまうのかな。

　ずっと前だけを見て走ってきた。手の抜き方を知らなくて、ひたすら働き続けた。

　そして、ここまで来てしまった。疲れきって、すぐにでも倒れてしまいそうな状態。

　こんなにつらいならいっそ倒れたほうがラクなのに、そうすることすらできない。

　ここで倒れたら、寝る間を惜しんで積み重ねてきた努力がすべて崩れ去ってしまうかもしれない。だから、バッテリーが残り少なくなっても止まれなかった。

前へ、前へと走り続けた。

やがて、私の足に急ブレーキがかけられた。自分の力ではどうすることもできない理由だったから、時の流れに身を任せることにした。

1カ月間、寝てばかりいた気がする。起きている時間より寝ている時間のほうが長かった。

そして1カ月後、不思議なことに何かを新しく始めたくなった。

何に対しても興味や意欲が湧かず無気力だったのに、今では全身がムズムズして横になっていられない。

立ち上がる気力が芽生えてきた。活力がみなぎった。これまでにないほど、体がすっきり軽い。

自分に合った仕事を見つけるために、あれこれ調べ始めた。それまでの私を消して、新しい私になった。ずっと無表情だったのに、いきいきと働くようになった自分を見て気づいた。

充電期間が必要だったということに。

　私が無気力になったのは、仕事がつまらなかったからじゃ
ない。

　充電をしないでバッテリーを使い続けたせいだ。

　働くためにはエネルギーを蓄える時間も必要なのに、仕事
にエネルギーを注ぎ続けて休めないという矛盾した状況が私
を疲れさせた。

自動車を動かすにはガソリンを入れなければならず、
携帯電話を使うにはバッテリーを充電しなければならない。
ボイラーを稼働するには水を補充しなければならず、
シャープペンシルを使うには芯を入れなければならない。

人の心も同じ。
使ったぶんだけ補充しなきゃいけない。
ときどき充電するようにしないと、

　　　　　　何もかもすべて消えてしまう。

平凡な人

私たちは誰しも弱点を持っている。
すべてにおいて完璧ではいられない。
だから、困ったときは助けを求めても大丈夫。

何もかもうまくやろうと焦らなくてもいい。

　完璧な人になりたかった。誰かに助けてもらったら、いつかその借りを返さなければならない気がして、落ち着かなかった。

　私には借りを返す能力がないから、人の世話になる状況を作らないようにしようと決心した。

　そのための方法の一つが、完璧な人になるということ。もう一つは、たとえ満足できないことがあっても受け入れて生きようということだ。

　自分が完璧なら誰かの手を借りることはないだろうし、何事にも満足していれば助けてもらう必要もない。いつもこの

二つを心にとどめて生きてきた。

　人生は皮肉だ。
　完璧な人間にはなれないし、置かれた環境に満足して生きようと繰り返し心に誓っても、受け入れられない瞬間が訪れる。そのせいで、自分に腹が立つことが増えた。
　現状に満足できないなら完璧な人になるしかないし、完璧になれないなら妥協するしかない。どちらも選べない自分が身勝手に思えた。高速道路の分岐点でもたもたしているかのようだ。方向を定められないまま苦悩していたら、ある人に言われた。

「助けが必要なら連絡してね。
　私にできることがあれば手伝うから」

　私がお願いするより先に、手を差し伸べてくれた。
　ありがたい状況にもかかわらず、すぐには決断できなかった。助けを借りてもいいのだろうか、恩返しはできるだろうか……。
　あれこれ悩んでいたら、その人は私の手をサッとつかんで

引き上げてくれた。

　こんなふうに、相手の好意によって助けを受けることになった。

　いざ助けを借りてみると、なかなかいいものだなと思えた。

　相手に助けてもらったぶん全力でがんばって誠意を見せ、時が経つと今度は、私がその人を助ける機会も訪れた。

　人助けというのは、必ずしも優れた能力がなくてもできることだった。特別である必要もない。バス停まで傘を持って迎えに行くだけでも、雨に降られている人にとっては大きな助けになるから。

　人間はそもそも、お互いに助け合って生きているのだと思えるようになった。

　人助けとは貸し借りをつくることではなく、春夏秋冬がやってきて再び春が訪れるように巡りめぐるもの。

　完璧な人とは誰にも頼ろうとしない人ではなく、苦しいときや困っているときに周囲に助けを求められる人のことだった。

私たちは、それぞれ違う弱点を持っている。
だから、少しでも余裕のある人が
そうではない人を支えながら生きていかなければならない。

困ったときは、誰かの助けを借りてもいい。
いつかきっと、恩返しの機会が訪れる。
助けてもらったことを忘れさえしなければ大丈夫。

だから、必要なときは助けを求めてもいい。
成功させようとがんばったけどダメだったんだ、
ちょっとだけ助けてほしい、と。
何もかもうまくやろうとしなくて大丈夫。

　　　　　私たちはみんな、平凡な人間だから。

心 に 雨 が 降 る 日 は
私 を 思 い 出 し て ほ し い

どしゃ降りの雨の日
私を傘に入れてくれた人がいた。
その日、私は
誰かにとっての傘のような存在になろうと決めた。

　あいにく、天気予報を確認せずに外出した日。1時間後には家路につかなくてはならないのに、雨が降り始めた。

　どう見ても、すぐにやみそうな雨ではない。空はどんよりと暗く曇っている。この街に知り合いはいないし、誰かに迎えに来てもらうには遠すぎる距離なので、窓の外をひたすら眺めるしかなかった。

　用事を済ませて帰宅しようとしたけれど、とても外に出る気にはなれない。窓の外に手を出すと、雨粒が手のひらを突き抜けそうな勢いで落ちてくる。

　地下鉄の駅までこの雨に濡れて歩いたら、その後2時間

以上、濡れそぼった服の感触と湿った匂いに耐えながら帰る
はめになる。よりによってコンビニすら見当たらず、傘を買
うこともできなかった。どうしようもなくて困り果てている
と、近づいてきた女性に話しかけられた。

「傘、お持ちじゃないんですか？
　よかったら地下鉄の駅まで一緒に行きませんか？」

　思いがけない親切を受けて、まぬけな表情で「わぁ、本当
にありがとうございます」と答えた。いつもの私なら遠慮し
て断っただろうけれど、他に選択肢はなかったから、迷うこ
となく好意に甘えることにした。

　知らない人と一つの傘に入っているのが気まずくて、あれ
これ話しかけた。

　何号線に乗るのか、どこまで行くのか……。幸い、質問が
尽きかけた頃に地下鉄の駅に到着した。乗る方向が逆だった
ので、改札口で別れた。

　それまでの短い時間に5回ぐらい感謝の言葉を伝えて、
おじぎを10回はしたような気がする。

　地下鉄の座席に座ると、ホッと落ち着いた。もしあの女性

に巡り会えなかったら、自分は今、どんな有様だろうかと想像した。

　彼女のおかげで難を逃れることができたと思うと、嬉しかった。一日の疲れが一気に和らぐような気分。

　困り果てているときに、まさしく必要としていた助けを受けたので、人に支えられながら生きていることを実感した。

　こんなふうに、人はとてもささいな出来事に癒される。

「癒し」と聞くと、なんだかすごいことのような気がしていた。でも、ごく小さなことであっても相手の求めるものを提供すれば、それが癒しになる。

傘のような存在になろうと決めた。

誰かの心に雨が降ったとき、思い出してもらえる人になりたい。

雨をやませることはできないけれど

濡れないように守ることはできるから

私は傘になろうと思う。

誰かを癒すことのできる

とても大きな傘になりたい。

悲しくて悲しい

悲しみはいつ訪れてもつらい。
まだ若いから余計に悲しいとか、
年をとれば悲しくなくなるというわけじゃない。
悲しみは、存在するだけでつらい。

悲しみはつらく厳しい。

石を置かれたように心が重くなって、うつむきがちになる。急な上り坂をのぼるようにハードで、乗り越えるのは簡単なことじゃない。

幸せは多くのことを感じさせる。

いい香りを嗅げばいい香りを、おいしい料理を食べたらおいしい料理を、素敵な景色を見たら素敵な景色を、ありのままに感じさせてくれる。すべての感情が色とりどりに彩られる。

でも、悲しみには色がない。いい香りも、おいしい料理も、素敵な景色もすべて色褪せてしまう。悲しみがやってく

ると、どうしたらいいかわからなくなる。

　年をとればとるほど、思いきり悲しむことができなくなる
から。

　おとなになろうと決意してから、私が最初に身につけた言
葉は「大丈夫」だった。

　この一言で、何もかも大丈夫にならなきゃいけない。

　おとなたちは世間に悲しみを隠して生きているように見え
た。悲しくないはずがないのに表に出さない様子を見て、
「あれがおとなの姿なんだな」と思った。

　だから、どんなに悲しくても何食わぬ顔で日常生活を送
り、誰にも心配をかけないように笑顔で過ごした。

　完全に吹っきれたふりをして、明るくさっそうと。それが
おとなだから。

　一度味わった悲しみを再び経験したときは、もう悲しく感
じないはずだと勘違いしている人が多い。

　年を重ねるにつれて、傷つくことが減っていくと思ってい
る人もいるかもしれない。

　でも、悲しみは何度経験しても同じように悲しい。数百

回、経験したってつらい。

　ただ、最初の頃とは違って、悲しんでいることを周囲に悟られないように過ごせるようになるだけだ。

　おとなだからといって鉄の心臓を持っているわけじゃない。弱くなることこそあれ、強くなることはない。悲しいときは誰だって悲しい。どこまで隠せるかによって、その大きさが違って見えるだけ。

今日悲しんだら、明日に支障が出るからと
急いで気持ちを落ち着かせようとする姿が悲しい。

明日に延ばして、来月に延ばして、来年に延ばして
時に流されて、悲しみが消えていくことが悲しい。

　　　　悲しむ時間がないことが悲しい。
　　　　悲しむ余裕さえないことが悲しい。

誰 か を 憎 む こ と

憎むのはやめよう。
どんなに憎くても、憎まないようにしよう。

たかがあんな人のために
感情を消耗する必要はない。

　故意であろうとなかろうと、私たちは人に傷つけられることがあり、誰かを傷つけてしまうこともある。

　攻撃されたら、傷を負うしかない。飛んできた石ならよければいいけれど、耳に刺さる言葉と目に入ってくる行動は、避けようとしても避けられない。

　だから、「傷つかないようにする」というのは自分でどうこうできる問題じゃない。

　でも、「傷つけられても、相手を憎まないようにする」というのは、自分でコントロールできる領域だ。

　"憎しみ"は傷をいっそう深める。傷つけられたことを何度

も思い返して恨み続けていると、爪の先ほどだった小さな傷が雪玉のように大きくなる。

　最初に負った傷は今にも消えそうな小さな雪片だったのに、自ら憎しみを上乗せしたせいで、いっそう大きく育ってしまう。すると、傷ついたときと似た状況に置かれただけで心に巨大な雪玉が飛んできて、またダメージを受けることになる。

　誰かのことがどんなに恨めしくても、憎んではいけない。

　憎しみは有害だ。人を憎むと、性格がゆがみ、価値観が崩れて、心が狭くなる。結局は自分が損をするだけ。ひどい人のせいで、自分がダメになってしまう。

　憎しみから抜け出そう。あんな人のために、自分を壊すわけにはいかないから。

　相手を許す必要はない。ただし、憎まないようにしよう。相手のことをしょっちゅう思い浮かべて傷をいじくりまわしていたら、傷口がどんどん広がっていく。

　心に傷が残っていると、同じような状況でまた動揺してしまう。心臓がバクバクと脈打つたびに苦痛を感じる。

　そのつらさから逃れるために、自分を傷つけた相手が定めた枠の中で生きることになる。人生が狭まり、自由が奪われる。傷つくのが怖いから、目立たないように生きようとして縮こまってしまう。あの悪い人のせいで。

あなたは素晴らしい人。
だから、あの人を憎んではいけない。
憎しみはあなたを壊すだけだ。

あなたはこの世に、けなげに咲く花。
澄んだ水と空気、輝く太陽を
たっぷり浴びて育つにふさわしい、尊い花だ。

自分のために生きてほしい。
もっと自分を大切にしてほしい。

　　　あなたは充分その価値がある人だから。

昨日より今日、もっと

昨日より今日、少しでも成長できたなら
ちゃんとがんばれているという証拠。
その小さな成長が集まって、やがて大きな木になる。

　自分がちゃんとがんばれているかどうかを確かめる指標が
なくて、現状に満足していいのか、あるいは、もっと気を引
きしめるべきなのか、わからなくなることがある。
「うまくいった」ことと「うまくいっている」ことは確実に
違う。
「うまくいった」というのは、目標を達成して、その結果を
他の人々に見せることができ、世間に能力を認められている
状態。
　一方、「うまくいっている」というのは、目標達成に向か
って地道な準備を続けている途中の段階だ。堂々と披露でき
る成果はまだなくて、この先、成功するという確証もない。
だから、実際にうまくいっているとしても常に不安を伴う。

つまり、"まだ孵化していない卵" みたいなもの。不透明な殻に包まれていて、孵化できるのか、できるとしたら何になるのか、誰も知らない。何もわかっていないから、思いきり喜ぶこともできないし、安心して休むこともできない。

人は不安な状況に置かれると、ヤマナラシの葉のように心が揺れ動く。

この調子で大丈夫そうだと思える一日があったかと思うと、翌日には間違っているような気がしてくる。ある日は順調に進んでいると確信できても、次の日になると地球上でいちばん後れを取っているような気分になる。

ポジティブかネガティブ、せめてどちらかに定まっていればいいけれど、二つを行き来して気持ちがなかなか安定しない。

だから、うまくいっている人ほど、不眠や食欲不振、動悸、憂鬱感や無気力といった不調に悩まされやすい。

一生懸命がんばっているのに、はっきりした成果を得られないせいだ。

うまくいっていない人は、不安を感じることすらない。

ベストを尽くしていない人にとって、失敗は怖いものじゃ

161

ないから。

　失敗が怖くなるのは、ありったけの時間を注いで努力したからこそ、「望み通りの結果を出せなかったら、つらいだろうな」とわかっているからだ。

「失敗したくない」という気持ちと、「失敗が怖い」という気持ちは違う。

「失敗したくない」と思っている人は多いけれど、「失敗するのが怖い」と感じるのは"がんばっている人"だけ。

　その違いは、失敗を恐れた経験のある人にしかわからない。もし、失敗するのが怖いと思うのなら、あなたはきっとがんばれている。

　自分の現状がわからなくて気持ちが落ち着かないときは、"昨日"を基準にしてみるのもいい。昨日解けなかった練習問題を、今日は解けた。昨日は思わず腹を立ててしまった状況を、今日は冷静に解決することができた。昨日だらだら過ごしてしまった時間を、今日は充実させられた。

　もっとささいなことでもいい。昨日より今日のほうが少しでもいい日だったなら、あなたは充分にがんばれている。

それって、実はものすごいこと。

お母さんのおなかの中にいた頃は1センチにも満たない受精卵だったのに、少しずつ大きくなって今の身長になった。長い歳月をかけて1センチずつ、いや、もっと小さな単位で少しずつ大きくなって、今のあなたになった。

身長の伸びは20歳前後で止まるけれど、人生はそうじゃない。100年を生きるとしたら、今の年齢はよちよち歩きを始めたばかりの赤ちゃんに過ぎない。

今は1センチずつ伸びている自分に気づかなくても、後から振り返ったときには、その1センチが集まって成長できたことを感じられるだろう。

自分がうまくやれているかどうか、わからなくなってしまう
のも無理はない。

まだ成長が終わったわけじゃなくて、今まさに伸びている最
中だから。

昨日より今日がいい日だったなら、

あなたはちゃんとがんばれている。

迷うことなく歩むべき道を進んでいけばいい。

その先にはきっと、

花咲く未来が待っている。

まったくわからない

ときどき、誰もいない場所へ
逃げてしまいたくなることがある。

誰にも見つからないところに隠れていたい。
でも、一人ぽつんと取り残される時間が怖い。

一人になりたいと思っているくせに
一人になるのが怖い。

夜が来なければいいのにな。
仕事に追われながら過ごす、昼の時間のほうが好き。

いろんなことが思い浮かんできて
なかなか寝つけない。

こんなにあれこれ心配するなんて、

まるで自分から悩みを増やそうとしてるみたい。

人前では平気なふりをして
笑いながら生きるのはしんどいよ。

でも、私のこんな暗い姿
他の人には見せたくないな。

どうすればいいのか、
まったくわからないよ。

心 が 見 え た ら 、
ど ん な に い い だ ろ う

心を見る能力があるかどうかは
それほど重要じゃない。
肝心なのは、いざ心が見えたとき
どれだけ素直に接することができるかだ。

　ある夏、泊まったペンションの片隅に、白いスピッツがつながれていた。私は犬好きだけど、怖いと思う気持ちもある。動物はいつ攻撃してくるかわからないから、常に用心していなきゃいけないと思っていた。

　でも、すごくかわいい犬だから近づいてみたくなって、一歩ずつゆっくりと、その子が驚かないように距離を縮めた。

　私が近寄っても犬は吠えなかった。吠えられたらすぐ引き返すつもりだったけれど、私をじっと見ているだけだ。しっぽを振っていないから、触るのはちょっと怖い。獰猛な目つきではないものの、私を警戒しているように感じられた。

　名前は"ハル"。私はハルと15分ほど見つめ合ってから部

屋に戻った。

　翌朝、自転車に乗ろうとしたら、ハルが目に入った。

　ちょうどオーナーのおじさんがいたから、ハルは人を嚙む
ことはないのか聞いてみた。おじさんは「嚙まないよ」と答
えた。

　その瞬間、こんな質問をした自分が滑稽に思えた。嚙む犬
と嚙まない犬をはっきり区別することなんてできないし、飼
い主を嚙むこともないはず。答えのわかりきった質問をして
しまった。

　もしかしたら、「これまでハルに嚙まれたお客さんはいな
い」という意味だったかもしれないけど、私がその第一号に
なる可能性だってある。

　相変わらず、私にとってハルは警戒の対象だった。

　自転車を止めて、ハルに近づいてみた。

　初対面じゃないから、今日はしっぽを振ってくれた。で
も、私はそのしっぽを信じることができなかった。私の手を
嚙むために、おびき寄せようとしているんじゃないかと思っ
た。

　ハルと会話を続けた。

「ハル、君をなでてみたいけど、嚙まれそうで怖いよ。君は私を嚙むかな？　嚙むつもりなら、先に教えてくれない？　そしたら触ったりしないから……」

　ハルは私をぽかんと見つめた。

「怖いくせに触ろうとするなんて変だよね。そう思う気持ちはわかるけど、君がすごくかわいいからなでてみたくなったの」

　相変わらずハルはあっけにとられたように、私を見ているだけだった。

　意思疎通なんてできないよね、と思いながら立ち上がると、履いていたサンダルがすべって、体が少し前のめりになった。

　幸いハルにぶつかることはなかったが、その気になれば私を嚙むことができる距離まで近づいた。

　でも、ハルは「何してるの？」と言わんばかりの表情で私を見つめているだけだった。

　そのとき、ハルへの信頼が芽生えたような気がする。左手を握りしめて、手の甲をハルの鼻先に近づけた。ゆっくり、

とてもゆっくりと。

　するとハルは、クンクンと手のにおいを嗅いだ。私がこぶしをそっと開いて頭をなでようとすると、目を閉じて受け入れてくれた。

　ちょっと申し訳なかった。ハルのしっぽは本心だったのかもしれない。私と早く仲良くなりたくて、全力でしっぽを振って自分の気持ちを表現していたのかもしれない。

　それなのに私はハルを信じることができなくて、私を嚙もうとしているのかもしれないと疑ってしまった。

　もしサンダルがすべってふらつかなかったら、おそらくハルと触れ合うことのないままペンションを去っていただろう。

人間関係で苦労するたびに、
「人の心が見えたら、どんなにいいだろう」と
叶わない願いを抱いていた。
心が見えれば、何もかも信じられそうだったから。

でも、ハルに近づけなかった私は
もし相手の心が見えたとしても
結局、疑ってしまうような気がする。
私を騙すために、偽りの心を
見せているんじゃないかと考えてしまうから。

誠意をもって、相手の心を見ようとしていないくせに
他の人の本心を見せてほしいと望むなんて
そもそも身勝手なのかもしれない。

見る側の心が素直じゃなかったら
相手の心が見えたとしても、何の意味もない。

割り箸を割る

花を一輪、咲かせるには、さまざまな過程が必要だ。
土をつくって、種を蒔いて、肥料を与える。
時間が絶対的に必要で、順序も大切。

だから、まだ結果が出ていないとしても、
焦ることはない。

人生は割り箸に似ている。きれいに割れることもあれば、
偏って割れることもある。

ちゃんと真っ二つに割れれば料理を取りやすいけれど、斜
めに割れてとがってしまうと持ちにくくて不便。

人生の中には、割り箸を割るような過程がいくつもある。
すんなり半分に割れたこともあれば、ひどく偏ってささくれ
立ち、捨てなければいけないこともあった。

私の選択はすべて割り箸を割るようなもの。そう感じたと

きは、ちょっとむなしくなった。どんなにがんばったってう
まくいかないこともあるし、それほど努力していないのに棚
から牡丹餅みたいに思いがけない結果を得たこともある。

　努力と結果は必ずしも正比例しないという事実が、私を無
気力にさせた。

　でも、時が流れるにつれて、人生の意味は "割り箸そのも
の" にあると気づいた。

　どんな形に割れたかじゃなくて、割り箸を手に取って、割
るために力を使ったということに意味がある。きれいに割れ
たかどうかは、その次だ。

　大学時代、履歴書に書けるスペックを一つでも増やしたい
という思いで、いろいろなジャンルのことに挑戦した。

　就職に有利だと聞いてデザインの公募展に出展したり、競
争力が高まると聞いてプログラミングを学んだり。どんな職
業においても不可欠だと聞いてマーケティングの勉強をした
こともあるし、いくらマーケティングが得意でも発表が下手
では意味がないと言われてスピーチの特訓も受けた。

　他にもたくさんのことに挑戦して、寝る間も惜しんで情熱
を注いだ。

でも、結果は悲惨だった。

　勉強をして知識を身につけることはできたけれど、履歴書に書けるほどの成果は出せなかった。平均レベルにはなれても、ずば抜けてはいない。睡眠時間どころか食事の時間まで削ってがんばったのに、結果が伴っていない。

　暗澹（あんたん）たる気分になった。

　当時は、かけた時間のすべてが無意味に思えた。結果を出さなければ、誰にも認めてもらえない。私の努力を証明することはできない。

　でも、そうじゃなかった。

　数年経つと、このとき身につけた知識があちこちで少しずつ役立つようになり、やりたい仕事の基盤になった。勉強していた当時は何の賞ももらえなかったけれど、後から別の形で活かされて、私の現在につながった。

ずっと、割り箸をきれいに割れなかったけど
一生懸命練習したらできるようになった。

3、4回であきらめていたら、私は本当に
何のとりえもない人間のままだったに違いない。
でも、失敗しても
次はうまくやろうと決心して箸を手に取り、
斜めに割れてしまっても我慢して使った。
そうするうちに、環境が整っていない状況でも
やり遂げられる根気が身についた。

ひょっとしたら、
あなたも私と同じ瞬間を過ごしているかもしれない。
割り箸がいつもきれいに割れなくて、
手に取ろうかどうしようか悩んでいるかもしれない。
なぜ挑戦するたびに失敗するのかと
自分を責めてしまうこともあるはず。

でも、私は断言できる。
今の状況がすべてではないということを。

おかしな割れ方をした箸は、最終的な結果じゃない。
いつかあなたが素晴らしい機会に恵まれたとき、
それをうまくやり遂げるための練習過程だ。

ここで終わりじゃない。
今もちゃんとがんばれてるよ。

あなたの努力は、
きっといい結果につながるはず。

しおれない人生を生きたい

与えられた時間があるのに
思いきり楽しむことができなかった。
かつては夢いっぱいで貪欲な子どもだったのに、
食べていくために働くのに忙しくて。

　就職活動のことばかり考えて、そのために必要なことだけをがんばってきた。大学に通い、TOEIC のスコアを上げて、資格を取得し、履歴書に書けそうな活動に取り組んで……。それ以外のことには見向きもせず、就職に活かせそうな道だけを着実に歩んできた。

　実際、そういう生き方しかないのだと思っていた。

　食べていくことさえできるなら、他に必要なものなんてない。でも、そんなことばかりを数千時間も考え続けていたら、人生はどんどんしおれていった。過ぎ去った時間より今後生きていく時間のほうがはるかに長いのに、未来に関しても主に仕事について悩んでいたから、なおさらだ。

世の中がとても味気なく感じられた。

　どこかに行きたいと思っても、まず思い浮かぶのは楽しい旅の情景ではなく、出発前に処理しておくべき業務のこと。旅行のせいで、大急ぎで仕事を済ませなきゃいけない。休暇を取るのが面倒になった。

　そのとき気づいた。
　味気ないのは世の中ではなく、私の心だということに。
　変わったのは世の中ではなく、私だったということに。

　与えられた時間があるのに、思いきり楽しめていないのは私。世の中が許さないのではなく、私が自分を制限していた。

　働いて食べていくためだけに、この世に生まれたのだろうか？　そうじゃない。子どもの頃の私は夢にあふれていて、やってみたいことがたくさんあった。

　おとなになって世間という枠組みの中で生きているうちに、しかたなくあきらめることになった。昔から、生計を立てることばかりを考えていたわけじゃない。私はそんな人間じゃなかった。

　私が面白みのない人間になったのは、目の前の問題だけに気を取られて生きてきたせいだ。生活のために働くことばかり考えていたら、人生は味気ないものになるに決まっている。

　当面の問題だけを解決していこうという覚悟が、かえって私を縛りつけて窮屈にしていた。

　応用問題を解けば学習能力が向上するのに、私はいつも簡単な基礎問題ばかり解いていた。そのせいで人生が単調になって、達成感を味わうことができなかった。

　難しい宿題が出ても解けるのに、取り組む前から怖気^{おじけ}づいて、簡単な問題だけを選んでいた。

　私が間違っていた。

これからは、目の前の問題だけに気を取られないようにしたい。

私の人生を掘り下げることのほうが重要だから。

人生を見つめ直してみても、何の結果も得られないことだってある。

表立った変化がなくて、誰にも気づかれないかもしれない。

でも、そこには始まりと終わりがある。
それはつまり、過程があったという証拠。
何もなかったわけじゃない。

人生を掘り下げる過程を体験して
自分がこの世に存在する理由を見つけたい。
私のためにつくられた道を知りたい。

私として生まれたからには、
私のための人生を生きたい。
しおれない人生を、生きていきたい。

余計なアドバイス

誰だって苦労を抱えて生きている。
でも、みんなが苦労しているからといって
自分まで同じように生きなきゃいけないわけじゃない。
苦労の大きさを競い合いたくはない。

自称 "おとな" にありがちな失敗は、他人の苦しみの大き
さを勝手に決めつけてしまうことだ。
「生きていれば誰もが経験することだよ」「その程度の傷、
社会に出たら何とも思わなくなるよ」「深刻に受け止めすぎ
じゃない？　流せばいいのに」
"自分が耐えたから、君も耐えるべきだ" という言葉以上に
暴力的なものはない。

あなたと私はまったく別の人間。しかも、私にとっては初
めての体験なのに。

もうおとなになった人にとっては過去の出来事だろうけれど、私はまだそこにとどまっている。

　私の宇宙が、消えない悩みに包まれている。そこですべてが止まっている。だから簡単に乗り越えられるはずがない。

　そもそも、簡単な悩みなんて存在しない。大したことじゃないと言わないでほしい。大したことなのか、そうじゃないのかは、私が経験してみなきゃわからない。

　おとなの役割はまだおとなになりきれていない子どもに知恵を貸すことであって、自分の意見を無理やり押しつけることじゃない。

　いいおとなは、子どもが自分で判断して選択できるように導く。正解を押しつけるのではなく、いくつかの選択肢を与えて待つ。

　採点はしない。この問題には正解がないことを知っているから。たとえそれが明らかに間違った回答だったとしても、努力して導き出した答えを尊重する。

誰かに悩みを打ち明けるのは
正解を聞きたいからじゃない。
荒れ地をさまよう、このもどかしい心を
休ませたいからだ。

一人で背負うには重すぎる荷物を
しばらく地面に下ろしたいだけ。

そんなときに、
「私が背負っているもののほうがずっと重いから、
君の荷物なんて大したことない」なんて言わないで。

荷物の重さを比べたいわけじゃない。
ただ肩から下ろして休みたいだけだから。

泣くおとな

「君がベストを尽くしたことはわかっている。
こんなことになって私も胸が痛い。
誰のせいでもない。
やむを得ない事情が重なって
一緒にやっていけないだけだ。
だから自分を責めたり、あきらめたりしないで」

私が望んでいたのは、あたたかい一言だった。
でも、社会はとても冷淡だった。

ときには赤い色
ときには不合格という3文字
ときには退職勧奨通知書という1枚の紙が
私の前に突き出されるだけ。

目標とする場所が遠ざかったせいで
心が痛むのではなく、
その目標に向かって駆け抜けてきた私の誠意が
簡単な手続き一つで拒絶されてしまったことに
傷ついた。

　　　　　　　　　私は切実だったから。

自分を奮い立たせるのは自分の役目。
理由すら聞けなくても、納得しなきゃいけない。
現実を否定したって何も変わらない。

185

すばやく起き上がれば、

一度でも多くのチャンスをつかむことができる。

泣く子はあやしてもらえるけれど、

泣くおとなには、誰も関心を持たない。

4

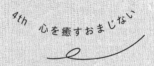

4th 心を癒すおまじない

私は毎日
うまくいっている

ふと、しゃがみ込みたくなる瞬間

君は今
うまくやれているよ

誰かが私に言ってくれたらいいのに。

君は今うまくやれているよ、って。
もっといい人生がやってくるはずだよ、って。

　私が必死に、がむしゃらに生きてきたのは、名誉や富を得たかったからじゃない。今よりほんの少し、いい人生を送りたいと思ったから。
　今、立っている場所から数百段、数千段レベルアップすることを望んだわけじゃなくて、ただ3、4段だけ、上に行きたかった。

　でも、この頃はそれも高望みだったのかもしれないという気がする。
　3、4段どころか、1段上がることすらできない。いくらがんばっても、あくせく生きても、何も変わらない。

　衣食を倹約して、旅行も遊びも我慢しながら働いてきたのに、私の人生は変わっていない。いまだに築20年以上の古いアパート暮らし。帰省の交通費が高くて、実家の両親にもめったに会えない。

　だから、ちょっと休みたい。
　これまで耐えて、耐えて、耐え抜いてきたけれど、必死にがんばっても何も変わらないなら、わざわざがめつく生きる必要なんかない。ときにはくじけたり、座り込んだり、倒れたりしながら、周りの景色を見ながら進めばいい。

　私は今、うまくやれているのかな。

　もっと素敵な人生がやってくることはあるのかな。
　幸せになろうと努力しているのに、努力すればするほど幸せが遠ざかっていくような気がする。がんばったぶん成長するとは言うけれど、もしそうじゃなかったらどうしよう。
　1段でも上に行きたいという気持ちで努力しながらも、ずっとこの場所から先に進めなかったらと思うと怖くなる。

休まなくちゃ。息苦しい。
呼吸が苦しくても休まずに走り続けたのは
もっといい人生を望んでいたから。
でも、欲張りすぎていたのかな。

そんなことないって、誰かが言ってくれたらいいのに。
決して高望みなんかじゃない、
それは"希望"と呼ばれるものだよ、って。

君は今うまくやれているよ、って。

それにもかかわらず

幸せの扉は自分で開けなきゃいけない。
他の人が代わりに開けることはできない。
扉の前まで誰かに連れてきてもらうことはできても
ノブを握って回すのは自分。
幸せの扉は自分にしか開けられない。

私は一人でしっかり立つことができる。
誰かに溺愛されていなくても
他人が羨むようなものを持っていなくても
自分が進むべき道をしっかり歩んでいく。
何かに寄りかからなくても私らしくいられる。

失敗することやつまずくことだってある。
手がけた仕事がうまくいかないことや
望みのものが手に入らないこともある。
常にいいことばかりが起こるわけじゃない。

不幸が降りかかる恐れがあることも知っている。
だから私は、自ら存在することができる。
どんな事実も私を揺さぶることはできないから。

"それにもかかわらず"の力を信じる。

それにもかかわらず、私は笑えるし
それにもかかわらず、私は前に進むだろう。

どんな状況でも私は
幸せの扉を開けることができる。

壁 を 乗 り 越 え て か ら 気 づ い た

壁を乗り越えるには、自分のすべてを注がないといけない。
間に合わせの方法では壁を乗り越えられない。

ベストを尽くさなきゃいけない。
身を粉にしてがんばらなきゃいけない。

　とても乗り越えられそうにないほど高い壁が、私の前にそ
びえ立ったことがある。
　その壁を乗り越えられなかったからといって人生に深刻な
影響が及ぶわけじゃないけれど、向こう側の世界が気になっ
た。
　なんだか寂しくもあった。同じ世界に生まれたのに、風景
さえ見られないなんて悔しい。
　壁の向こうに何があるにせよ、手に入れられなくてもいい
から見物だけでもしてみたいと思った。

私の前に立ちはだかった壁は、高くて厚かった。

　まずは、こぶしや手刀で叩いてみた。壁は崩れない。私の手が血だらけになっただけ。

　そこで、道具を使った。大きな石ころを投げつけたり、木の枝で棒を作って叩いてみたり。でも、壁はびくともしない。

　そのとき感じた。この壁を力で壊すことは不可能だ、と。

　それでもあきらめずに、頭を使うことにした。壁に割れ目がないかどうか、じっくり観察した。

　でも、思った以上に壁は強固だ。ひび一つ見当たらない。弱点のない恐るべき相手だった。

　挫折感を味わった。私が乗り越えられる壁じゃない。実在しようがしまいが、この壁は私に挫折感を抱かせるために作られたような気がした。悔しくて腹立たしかった。

　乗り越えるのをあきらめて帰宅すると、我が家を取り囲むレンガが見えた。

「そうだ、あのレンガで階段を作ってみよう！」

　私は家を解体することにした。レンガを上から順番に下ろ

して、壁の前に積み上げた。

　数十回行き来しても、まだまだ終わりそうにない。壁を乗り越えるには、もっとたくさんのレンガが必要だ。階段状に積み上げるには、家のレンガをすべて使っても足りない。

　そこで私は、街中を駆け回って平らな石を集めた。川に入って石を拾い、土を掘り起こして埋まっていた石を取り出した。家を取り壊し、自分が暮らす街の石を集めると、壁のてっぺんまで続く階段が完成した。ついに私は、壁を乗り越えることができた。

　熱い涙が流れた。乗り越えられそうにない壁を乗り越えたこと以上に、そのために階段を作ったという自分の努力に感動して涙が出た。

　そして悟った。

　壁を乗り越えるには、自分のすべてを注がなければならないということを。

　自分の力だけでは足りなければ、周囲にあるものに視線を向けて助けを借りなければならない。

　のろのろ進めたり、その場しのぎの方法を使ったりしていては壁を乗り越えることはできない。

果てしないほどに高くて厚い、頑丈な壁は
私に挫折を教えるために置かれているわけじゃない。
壁の外の険しい世界で私がやっていけるかどうかを
確認するための存在だったということに、

壁を乗り越えてから気づいた。

素 敵 に 見 え る も の の 裏 側

素敵に見えるものがあっても
むやみに追いかけてはいけない。

それが素敵に見えるまでには
たくさんの人の血と汗が流れたはずだから。

　保育園に通い始めた頃、いや、もしかしたらそれよりずっと前から、スケッチブックにお絵描きをするときは、花と蝶を描くことが多かった。
　蝶は黄色とオレンジ、花は赤とピンク色で。色を組み合わせて使うのは好きじゃなかったけれど、このときだけは特別。それぐらい、花と蝶は、幼い頃の私にとって美しくてかわいらしいものだった。

　ある日、公園のベンチに座っていたら、1匹の蝶が飛んできて、私のカバンに止まった。白色のような、象牙色のよう

な羽を持つ蝶。

　とても驚いたけれど、蝶はそんな私のことなどおかまいなしで、カバンの上から去る気はなさそうだった。怖がるそぶりのない大胆な蝶がかわいく思えて、仲良くなりたくなった。

　カバンを持ち上げて顔を近づけると、想像していた姿とは違って、蝶はとても気味が悪かった。やわらかそうに見えた羽には白い筋がたくさん入っていて、アンテナのように伸びた触覚からは禍々しいオーラが漂う。

　いちばん衝撃的だったのは目と脚だ。ハエを連想させる目。単色のハエの目よりもドット模様がくっきり見える。脚はトンボのようでもあり、クモのようでもあった。

　花も同じだ。花祭りを見るために博覧会に行ったとき、色とりどりに並んだ花が私を迎えてくれた。

　記念に写真を撮ろうとして花をクローズアップした瞬間、その形状に少なからず衝撃を受けた。花びらの内側にはどす黒い模様があり、たくさんの毛に覆われたおしべはぐるぐると渦を巻いていた。名前のわからないたくさんの花たちは、遠くから見ているときは美しかったけれど、そばで見ると模

様や質感が不気味だった。

　幼い頃から美しいものだと認識していた花と蝶でもそうなのだから、生活の中にあるものにはもっと多くの裏面があることだろう。

果てしない残業が会社を動かして
果てしない自己管理が人気を維持して
果てしない推敲<ruby>推敲<rt>すいこう</rt></ruby>が1冊の本を誕生させるように、

　　　　　　　　　　素敵に見えるものを
　　　　　　　むやみに追いかけてはいけない。

　　　　　　　　　　　　素敵に見えるために誰かが
　　　　どれほど多くの血と汗を流したのかを知るまでは。

つらくないという
言葉の意味

「ちっともつらくない」という言葉は
実は、「ものすごくつらい」という言葉と同じ。

簡単に乗り越えられることなら
愚痴を言いつつ人に頼ったりもできるけれど、
大変すぎるときに誰かに寄りかかったら
バランスを失って倒れてしまいそう。
だから、自分の胸の内を隠すことになる。

ひたすら進み続けなきゃいけないときもある。
どんなに険しくて孤独な道でも
流れる時間に身を任せて
痛みが過ぎ去るのを
じっと待たなければならないときがある。

前に進みたいのに進めなくて

後戻りしたくてもできない状況で
その場にとどまっているのが
どんなに息苦しいことか、わかってるのかな。

私の状況をよく知りもしないくせに
軽々しくアドバイスをしてくる人々が恨めしい。
私から助言を求めたことなんて一度もないのに
まるで自分のほうがよくわかっていると言わんばかりの態度
をとられると、
この世でいちばんキツい言葉で感情を表現したくなる。

答えがわからなくて、もどかしいこともあるけれど
答えがわかっているから、もどかしいときもある。
答えがないせいで苦しいこともあるけれど
答えがあるから苦しいときもある。

そんな苦しい人生を生きる私の心が
今にも張り裂けそうだって、わかってるのかな。

ううん、いっそ知らずにいてほしい。

私が深い暗黒の中を歩いていることを
誰にも知られたくない。
揺らぐ姿を、この弱い姿を
誰にも見せたくない。

　　　　　私は元気に乗り越えられるから。

　　　　きっと、いい日がやってくるから。

大丈夫じゃなくても大丈夫

すべてのことに大丈夫でいられる人はいない。

わりかし大丈夫な人と
なんとか大丈夫な人が存在するだけ。

試練に見舞われたとき、大丈夫じゃないのに大丈夫なふりをする人がいる。

私もそういう人間の一人。大丈夫なふりをする理由は人それぞれだけど、私の場合は試練に遭っても、"それにもかかわらず" 大丈夫な人になりたいという思いからだった。

どんな試練の前でも毅然としていれば、器の大きな人になれるだろうと思った。

器の大きい人になれば、私の望む理想郷にたどり着けるはずだと信じた。だから、張り裂けそうなほど胸が痛んでも何でもないふりをした。

でも、それは正解じゃなかった。

　大丈夫じゃないのに大丈夫なふりをしていたら、心が縛られていった。顔で笑って、心で泣いた。食べたくないものをバクバク飲み込んでいくような気分だった。

　このままじゃいけない。器は大きくなるどころか、かえって小さくなった。ちょっとしたことにイライラして、軽く流せばいいことにも腹が立つ。

　そこで私は、イライラしたことや腹が立ったこと、気に障ったこと、憂鬱だったことなど、ネガティブな感情を引き起こした出来事をメモすることにした。

　次に、書き出した内容を大したことのないことと、そうではないことに分けた。

　つまり、気にする必要のないことと、不安になって当然のことに分けてみたのだ。

　その過程で気づいた。私は大丈夫じゃないことまで大丈夫だと思い込もうとしていた。なかなかふるい落とせず、胸の中に閉じ込めていた。

　私は自分の感情にもっと正直になることにした。

　大丈夫じゃないときは、大丈夫じゃないんだと考えるこ

と。それを表に出すか出さないかは状況によって異なるとしても、これは大丈夫じゃなくてもいいことなんだと自分で認めること。

「よくできました」のハンコじゃなくて、「大丈夫じゃなくても大丈夫です」のハンコをポンと押してあげることにした。

　自然に湧き起こる感情を受け入れるようにしたら、気持ちが穏やかになった。心にたまった感情をこまめに捨てていくと、快適に過ごせるようになった。

　どんなことがあっても大丈夫だという人はいない。

　心にはいくつかの扉がある。軽くノックをされただけで不安になって震え上がってしまう扉もあれば、誰かに斧で叩き壊されても笑って歓迎できる扉もある。

　だから、すべてのことに対して大丈夫じゃなくてもいい。

　その代わりにできるのは、すでに起こった出来事を後悔しないこと。大丈夫じゃなかったことを悔やむのではなく、なぜそうなったのか振り返って反省して、同じことを繰り返さないようにすることが大切。

大丈夫じゃないなら、大丈夫じゃなくていい。
大丈夫じゃないのに、無理に大丈夫でいようとしなくてい
い。

大丈夫じゃないことが起こったら、
いつかは乗り越えられる山だと思えばいい。
その山がたとえどんなに高くても、
自分の気持ちに正直になれたら、
ひるむことなくコツコツと登っていけるはず。

終わりじゃなくて、
再出発

リセットボタンを押すことを恐れないで。
終わらせるんじゃなくて、白紙に戻すだけ。

まだ終わっていないから、ダメになったわけじゃない。
気持ちを切り替えて、最初からやり直そう。

　ある道を選んで歩み始めたとき、なぜか間違った道に入り込んでしまったような不吉な予感に駆られることがある。
　歩き始めたばかりならすぐに引き返せばいいけれど、少なくない時間と労力をかけた場合はなかなか後戻りできない。
　その瞬間、本能的に「元を取らなきゃ」という考えが頭をよぎる。
　この道を歩むために使った時間と労力、誠意に見合うものを手に入れたいという気持ちになる。そのせいで、この道じゃないと知りつつも歩き続けてしまうことになる。

損益分岐点にたどり着くまで。

　でも、損失を最小限にしたいのなら、この道じゃないと気づいた瞬間に引き返したほうがいい。
　そうしないと、的外れなことにお金や時間、労力を費やし続けることになってしまう。
　それをわかっていながら無駄なことに注力してしまうのは、"あきらめる"のも簡単じゃないからだ。
　私たちはよく、こんな言葉を耳にする。

「やめるのは簡単だよ」

　でも、やめることすらできなくて思い悩む人が多い。
　私だって同じ。挑戦するときと同じように、あきらめるためにも勇気が要る。
　もしかしたら、新たなことに挑戦するよりも、途中であきらめるときのほうが大変かもしれない。
　今までやってきたことを捨てて引き返さなきゃいけないわけだから。

　私たちが知っておくべきなのは、やっていたことをやめても人生が終わるわけじゃないってこと。

　道の奥深くまで入り込む前に引き返して、新しくやり直せばいい。

　もちろん、名残惜しさを感じることもあるだろうし、これまで全力を尽くしてきたことを手放すのもつらい。時間を無駄にしたように感じて、他の人々に後れを取った気分になることだってあるだろう。

　実際そうなのかもしれない。平等に与えられた時間の中で、成果を出せなかったわけだから。

　だからって、どうしようもない。かつての自分の選択を見つめ直すしかない。

　誰しも後悔して反省して、自分を責めながら生きていくもの。

　完璧な人生なんてない。だから、乱れた気持ちを切り替えて、できる限り早くスタート地点に戻るための努力をしなきゃいけない。

　戻れないかもしれないという心配はしなくていい。どうなるかは誰にも予測できないし、道を間違えたときだって、そ

うとは思わずに迷い込んだのだから。

　間違えたことに気づいたら、そこからまたやり直せばいいだけ。

　自分の選択が間違っていたと認めることを恐れず、修正することを億劫（おっくう）がらないようにしよう。終了ボタンじゃなくて、リセットボタンを押すだけだから。

ためらわずにリセットボタンを押そう。
それは決して恥ずべき行為なんかじゃない。
やり直すための勇気を出すってこと。
今は絶望的な気持ちかもしれないけれど、
胸をドキドキさせてくれるチャンスがまたやってくる。

道を選択する前に戻って
もう一度、始めてみよう。

　　　　　　　　まだ終わってないよ。

瞬間瞬間の幸せ

これまでの人生で、私が逃してきたものは
瞬間瞬間の幸せ。

どんな瞬間も楽しむべきだったのに
ネガティブの沼に落ちて、さまよってばかりいた。

ずっとネガティブだった。

　言い訳をさせてもらえるなら、あたたかい家庭環境に恵まれなかったせいで、ポジティブでいたくてもそうするのが難しかった。

　いつも心配事に悩まされて、いつも我慢ばかりして、いつも譲歩しなきゃいけなかった。何一つ自分の思い通りにならなかった。

　何をするにしてもお金がかかるから、"やりたいと思う気持ち"は前もって胸の奥にしまい込むことにした。

　そのうち、やってみようと思うよりも先に、無理だろうな

というあきらめが芽生えるようになった。

　こんな思考が積み重なって習慣になり、ネガティブな性格が出来上がった。

　こんな自分の性格を悪いと思ったことはない。世の中にはポジティブな人もいればネガティブな人もいて、他人に被害を及ぼさないかぎりは自分の生き方を貫いても問題ないと考えていた。

　それに、ネガティブな性格は、私のメンタルを鋼のように強くした。

　私はいつも最悪の事態を想定していたから、どんなによくないことが起こっても落ち着いて対処することができた。だから、自分の性格が、絶対に直さなきゃいけないほど悪いとは思えなかった。

　でも、年をとるにつれて、ずっとネガティブに生きていくのは少しもったいないように思えてきた。

　せっかく服を買うなら綺麗な服を買いたいし、せっかく食事をするならおいしいものを食べたい。

　それなら、せっかくの人生も暗く生きるより、明るく生き

たほうがよさそうに思えた。

　ポジティブに考えようがネガティブに考えようが、結局は
なるようにしかならないとしても、わざわざ暗い気持ちで過
ごす必要はない。

　ネガティブに過ごすのが悪いとか間違っているということ
じゃなくて、もったいないことをしたなと思った。人生の限
りある時間を無駄にしてしまった気がして、とても残念だっ
た。

今まで私は、チャンスを逃してきたのだと思っていた。
でも、私が本当に逃したものは
瞬間瞬間の幸せだった。

善かれ悪しかれ、その瞬間を楽しんで
9歳の私、19歳の私、現在の私を、
二度とは戻らない自分を、心に刻んでいくべきだったのに
つらかった時期を思い出したくなくて
必死で消そうとしていた。

213

だから結局、たくさんのものを持っているのに
そのことに気づかない人間になってしまった。

人生の中で私が逃したものは
お金でもなく、時間でもなく、チャンスでもなくて
幸せの瞬間だった。

その幸せの瞬間が積み重なって
大きな幸せになったかもしれないのに
私はいつも暗い日々を過ごしていた。

だから、とても惜しまれる。
私が逃した幸せの瞬間が。

心 を 輝 か せ る 方 法

「ありがとう」と伝えることを習慣にしたら
多くの人を楽しい気分にすることができる。

レストランから出るときやコンビニで買い物をしたとき、
誰かに助けてもらったときや
親切に接してもらったとき、

「ありがとう」という言葉を伝えれば
聞いた人の気持ちも明るくなる。

気持ちを伝えるのは意外と簡単なことなのに
恥ずかしがって、感情を表現しない人が多い。

「ありがとう」という言葉が持つ力は大きい。

この世のすべてを変えることはできなくても

一人の世界を変えることはできる。

疲れる一日を送った誰かには
「ありがとう」の一言がささやかな幸せとなり、
一日中、世間の荒波にもまれた誰かには
「ありがとう」の一言がささやかな癒しとなる。

あなたのちょっとした一言が、
その人の一日を変えるかもしれない。

感謝したときに「ありがとう」と伝えるだけでも
　あなたの心を光らせることができる。

いちばん聞きたい言葉

人生はずっとつらいわけじゃない。
幸せの涙を流す日もやってくるだろう。

心に傷を負いながら必死で踏ん張った時間が
いつか大きな力になるはずだ。

「人生にはつまらない時期がある」と言われるけれど、どうやら今がその時期みたい。

何をしても楽しくないし、意味も感じられない。何もかもが似たり寄ったり。

「これもまた過ぎ去るだろう」と言われるけれど、過ぎ去った不幸が舞い戻ってきて、また私を苦しめる。

「一度乗り越えれば、少しはラクになる」と言われるけれど、二度目だからといってつらくないわけじゃない。

人生とは代わり映えしないもので、特別なことも起こらないと気づいて以来、同じ場所で必死に足踏みをしているよう

な気分。

　ありったけの力をふりしぼって、ここまで耐えてきたことが無念でならない。何もかも無駄だったように感じられる。

　どうして、こんなにあくせく生きてきたんだろう。

　また、一日が終わっていく。明日もきっと大変だろうな。

　それでも歯を食いしばって耐え抜くしかない。そうする以外、私にできることはないから。

　自分の人生なのに、選択権がないなんて笑っちゃう。

　やりたいことよりも、やるべきことを先にやらなきゃ。そんなふうに自分の気持ちを無視していたら、自分が本当にやりたかったことが何なのか、思い出すことすらできなくなった。

　私の夢って何だったっけ。私にとって楽しいことって、何だったのかな。

　こんなとき、あっという間に時が過ぎ去ってしまったなと感じる。

　どんな出来事にも起承転結がある。人生も同じではないだろうか。

　今が "起" なら、嬉しい。成功に向けて基礎を固める過程だと思えば、希望を胸に乗り越えられそうな気がする。

　このまま私の人生が "結" を迎えて、永遠に終わってしまったらと思うと怖い。この不幸が私の人生の結末だとしたら、これまでの涙が否定されるような気がするから。私は自分を否定したくない。悲しい結末を迎えたくない。

誰かが私に、こう言ってくれたらいいのに。

　　　　　　　　　人生はずっとこうじゃない、と。
　　　　　　幸せの涙を流す日もやってくるよ、
　　　　心に傷を負いながら必死で踏ん張った時間が
　　　　いつか大きい力になるはずだよ、って。

失敗することだってある

いかなる現実が迫ってきても
私は揺らがない。

成功と失敗にとらわれない実直な人に
私はなるだろう。

　童話『みにくいアヒルの子』の中で、みにくいアヒルの子
は、他のアヒルたちのいじめに耐えかねて群れを離れる。や
がて湖に映った姿を見て、自分が白鳥だったことを知ってか
らは、みにくいアヒルではなく、白鳥として生きていく。

　でも、私たちの人生は童話ではない。現実の世界では、す
べての物語がハッピーエンドを迎えるわけじゃない。

　たいていの人は、自分が失敗することもありうるという事
実を知っているにもかかわらず、必死に否定しようとする。

　無謀な夢を抱いていても、夢はきっと叶うという言葉を信
じて、努力すれば成し遂げられると思い込む。

　ポジティブマインドを持つのは悪いことじゃないけれど、あまりにもポジティブすぎると、現実を正しく見極められなくなってしまう。

　視力の悪い人がメガネをはずして世の中を見たときのように、まったく見えないわけではないけれど、鮮やかに見えることもない。

　私は失敗するかもしれない。努力に見合う成果が得られなかったり、努力する前よりも状況が悪化したりすることだってあるかもしれない。

　そもそも私はナンバーワンじゃない。もっと優れた実力をもつ人は多いし、これからさらに増えていくだろう。この先、私が伸び悩むことだってありうる。今の状態を維持していくだけかもしれないし、後退することもあるかもしれない。

　私は不幸になるかもしれない。

　うまくいく日よりもうまくいかない日のほうが多かったり、笑う日より泣く日のほうが増えたりするかもしれない。他の人々には訪れる幸運が私の元にはやってこなくて、世の中に一人ぽつんと取り残されるかもしれない。

でも、覚えておきたいのは、たとえ現実が厳しいものだったとしても、自分がやっていることをあきらめる必要はないということ。

　過度なポジティブマインドで現実から目をそらすのではなく、どんな状況に置かれても人生が揺らがないように、"実直な"自分になればいいだけ。

　アヒルはアヒルとして、白鳥は白鳥として生きればいい。自分の存在を、童話の中のみにくいアヒルに設定する必要はない。白鳥じゃないのに白鳥になることを夢見て生きたら、現実と対面したときにむなしくなってしまう。

　今よりいい人生を夢見てはいけないという意味じゃない。もっといい人生を生きたいなら、白鳥になりたいと夢見るのではなく、もっといいアヒルを目指すべきだ。

　私たちは誰しも、苦労しながら生きている。でも、注目される人もいれば、名前さえ記憶されない人もいる。まるで一編の映画みたいに。

　映画の観客たちは、スクリーンに登場する主演と助演俳優の顔、監督と脚本家の名前を記憶する。でも、その映画を撮るために苦労したスタッフや端役の俳優は、参加したのかど

うかさえ知られないことがある。

　エンディングクレジットでも彼らの名前はとても速く流れ
てしまって読みづらい。

　人生もそういうもの。

　すべての人がスポットライトを浴びることはできない。自
分に照明が当たればいいけれど、誰かの影になることもあ
る。自分の努力を誰にも認められないこともあれば、その努
力を非難されることすらある。

でも重要なのは、
それが現実であっても
人生が揺らぐ理由にはならないということ。

　　　　自分のやりたいことに邪魔が入るのを
　　　　　見て見ぬふりはしないから。

ただ、今日ではないだけ

私はきっとうまくいく。
ただ、それが今日ではないだけ。

いつかきっと成功して
自分のポジションを確立できるはず。

　思いやりだ、愛情だと言いながら、意見を押しつけられるのはわずらわしい。

　人生がうまくいかないとき、いちばんもどかしいのは私なのに、どうして他人が私よりもどかしそうにしているのかわからない。

　思いやりと干渉の違いがわからない人がいる。思いやりならありがたいけれど、干渉は断固おことわり。

　干渉によって問題が解決するような人生なら、こんなふうに悩んでいない。占い師に運勢をみてもらうときは鑑定料を払うけれど、無断で他人の人生に立ち入った人には "干渉

料”が科せられる制度があればいいのに。

　学校を卒業したくなくてしないわけじゃない。進学先や就
職先を決めてから卒業しないと、履歴書に空白期間ができて
しまう。

　就職したくなくてしないわけじゃない。この頃はひどい就
職難だから、書類審査を通過するのも一苦労。

　恋愛したくなくてしないわけじゃない。生きるのに必死
で、お金がかかるから外に出たくない。ここに結婚に関する
詮索_{せんさく}まで加わったら、書く私も、読む人もはらわたが煮えく
り返ってしまうかもしれない。

　したくなくてしないわけじゃないのだから、どうしてしな
いのかと急_せかさないでほしい。

　それは思いやりじゃなくて、干渉だ。

私はまだ待っているところ。

一輪の花を咲かせるだけでも
長い時間と誠意が必要なのに
人生に花を咲かせるのはどれだけ大変だろう。

何の結論も出ないまま、ひたすら待つのは
この世でいちばんもどかしいこと。
私は今、それをしているところ。
やきもきしている最中だ。

私はきっとうまくいく。
ただ、それが今日ではないだけ。

いつかきっと成功して
自分のポジションを確立するはず。

幸せを祈るよ

私は、私の幸せを祈る。
思いきり幸せになってほしい。

すべての人の幸せを願っているけれど
私には特に、幸せであってほしい。

深い理由はない。
私だから、私なので、私であるがゆえに、
幸せを祈る。

幸せを祈るのは悪いことじゃないから。
幸せはとても素敵なことだから。

今まで不幸だったから
そろそろ幸せになってもいい頃。

今日も二つの瞳を閉じて
幸福を見つめる。

　　　　　私は、私の幸せを祈る。
　　　　早く幸せになれますように。

どんどん遠くへ逃げていく

今、できないからといって
この先もできないとはかぎらない。

熱心に準備していれば、チャンスはやってくる。
焦らないで。

幼い頃からずっと、どんな職業に就けばいいのか悩んでいた。

小学校に上がると、将来の夢を書く欄を埋めなきゃいけなかったから。当時は、立派に見える職業に就きたいと思っていた。なりたいと紙に書けばなれるものだと思っていたし、何だってできると信じていた。

でも、職業は私が願ったとおりに選べるものじゃなかった。優秀な成績や経済的な余裕、そして、抜きんでた能力が必要だった。

私が下した結論は、「夢は一つじゃなくてもいい」ということ。

　一生続けていける仕事は多くない。40代まで一つの会社で働いていた人でも、悩んだ末に転職して、これまでとはまったく違う分野の仕事を始めることがある。

　また、自ら望んで入った会社でも、いざ働いてみたら違和感を覚えることもある。

　仕事が自分に合っているのかどうかは、実際に経験してみるまでわからない。だから必ずしも一つの仕事だけにこだわらないで、いろいろな可能性を残しておくのは悪いことじゃない。

　いちばんいいのは、自分にとって違和感のない仕事とは何かを考えてみるという方法。

　仕事は生活に直結する重要な問題とはいえ、不満があれば続けられない。お金をたくさん稼ぎたい人はお給料が安い会社に不満を抱くだろうし、体力のない人が肉体労働の多い仕事をするのはつらい。

　常に新しいものを追っている人は変化のない会社には合わないし、人づき合いが苦手な人は接客の多い仕事には向いて

いない。

　こんなふうに、自分にとって居心地のいい場所とそうでない場所を見分ける判断力を身につけないといけない。

　やりたいことを今すぐにやらなくても大丈夫。

　それが本当にあなたの歩むべき道なら、偶然のように再びチャンスがめぐってくるから。

　やりたいことをあきらめなければならないのなら、今は現状と妥協して、後からやればいい。今、できないからといって、今後もできないとはかぎらない。

　ただし、忘れてはいけないのは、チャンスを待ち構えておくということ。

「いつか機会が来るだろう」と思いながら、のほほんと過ごしてはいけない。

　適当に生きていたら、チャンスは通り過ぎてしまう。

　あなたにチャンスをくれる人々に、この夢をどれだけ待ち焦がれていたか、どれほど努力してきたのか、どれくらいうまくやれるのかを、すぐに見せられるぐらい準備が整った状態でいなければならない。

夢は必ずしも若いうちに叶えなきゃいけないわけじゃない。
いくつになっても叶えられる。
今、成し遂げられなくても落ち込む必要はない。
後で叶えられるから。

夢を早く叶えたいという気持ちが毒になることもある。
何をやってもダメなときはあきらめたくなるから。

後ろから追いかけてくる人はいない。
誰かを追い抜かなきゃいけないわけでもない。
夢は自分だけのもの。
競って手に入れられるものじゃない。

時間を1年単位で見れば短く感じられるけれど
10年単位で見れば、機会はまだたくさん残っている。

焦れば焦るほど、夢はどんどん遠くへ逃げていく。

額縁の外に出る

バラの間に咲いたオキナグサみたいな気分。
日光を一筋でも浴びようと
空を見上げている花たちの間で
私だけがうつむいて地面ばかり見つめている。

　みんな何かを目指して幸せに生きているのに、私は何の目標もなく、漠然と生きている。

　正直、何をすべきなのかわからなくて目標を立てられず、目標を立てられなかったせいで何もできずにいる。

　何もしていないと幸せを感じられないし、幸せじゃないから何もしたくなくなる。

　まるでドミノがザーッと倒れたような状態。何から手をつければいいのかわからない。

　また最初からブロックを並べようにもお先は真っ暗だし、倒れたブロックをかき集めてみたところで打つ手がない。

生き方がわからない。

今の状態から抜け出すには、どんなふうに暮らせばいいん
だろう。

何事にも熱心に取り組めと言われても、具体的に何を熱心
にやればいいのかわからないし、一つのことを極めれば成功
につながると言われても、何を極めればいいのかよくわから
ない。

今の私の状態はゼロ。マイナスでもなければプラスでもな
く、前進も後退もしていない。単なるゼロの状態で、時間だ
けが過ぎていく。

ときどき、こんなことを考える。何でもいいから手をつけ
て、失敗してみたほうがいいかもしれない。

失敗も経験の一つだというし、そんな経験でもあったほう
がましなんじゃないだろうか。ゼロの状態でじっと立ってい
るのは、人生の浪費だ。

そこで私は、とにかくどんなことでもやってみようと決心
した。

大がかりなプランを練るのではなく、小さな目標を定め
る。あまり遠くを見過ぎないようにする。数年後の計画では

なく、現状に即した計画を立てた。

　そして、目標に意味を持たせないことにした。

　意味のあることをしなきゃいけないと思っていたせいで、これまで何も始められなかった。

　何の成果も得られなくていいから、とにかく目標に定めたことを最後までやり遂げようと決めた。

　だから私は、とてもささやかで短期的なことから始めた。

　すると、私の人生に小さな変化が起こり始めた。

　いちばん大きく変わったのは心構えだ。

　それまでは自分に与えられた人生を生きるしかないと思っていた。家庭環境や経済的な問題、持って生まれた知能は変えようがないから、その範囲内で満足して生きなければいけないと思っていた。

　自分がなぜ無気力なのか、ずっと理由がわからなかったけれど、原因はここにあった。

　与えられたものに満足できていないのに、それを受け入れて生きるべきだという考え方が私の心をむしばんでいた。

　ところが、自分で目標を定めて、それを一つずつ達成していくうちに、人生とは与えられた道を歩むのではなく、自ら

道を選択していくものだと気づいた。

　私は、壁にかけられた1枚の絵だった。

　私を守っている額縁から出てはいけないし、壁を乗り越えてもいけないと思っていた。枠に閉じ込められて抜け出せないと思っていたけれど、実際は自ら、自分で作った枠に合わせた生き方をしていただけだった。

　他の生き方を知らなかったから。

　でも、キャンバスが小さいからといって、絵まで縮こまる必要はない。絵が額縁の外へ飛び出したっていいし、絵の具が壁を乗り越えたってかまわない。

あえてどんな人生なのか宣言するならば

私は"幸せな人生"を送ることにした。

何もしていなくても、大きなことを成し遂げていなくても

幸せだと信じられる人生を送ることにした。

私が描く人生のタイトルは

〈どこでも輝けますように〉。

どこにいても何をしていても
存在そのもので光となりたい。
今後、どんな場所でも私の人生は輝くだろう。

私が自分で決めた人生だ。

あなたの春になってあげる

人によって、春が来る時期は違うらしいよ。
だから、他の人と自分を比べないで。

春が来ないわけじゃない。
ちょっと遅く来るだけだよ。

冬が過ぎて初めて、春がやってくる。
冬があるからこそ、春がある。

だから、冬を嫌わないで。

あなたの行く手を阻む冷たい風に
負けないでほしい。

握りしめた希望を手放さないで。
私が一緒に握っていてあげる。

ずっとうまくやってきたんだから
これからもがんばれるよ。

真っ暗な現実は怖くて、果てしないけれど
一緒に歩けば怖くないよね。

私がそばで春になってあげる。
だから、あきらめないで。

あなたを応援してるよ。

あなたは自分が思っている以上に
うまくやれている

自分がみすぼらしく感じられるのは
あなたが取るに足らない存在だからじゃない。
より広いところに視線が向かっているから
自分の至らなさを感じるんだよ。

　あなたが自分を未熟だと感じるのは、もっといい人になりたいという気持ちがあるから。

　能力が劣っているわけじゃなくて、掲げる目標がレベルアップしただけ。

　それはとても素晴らしいこと。

　同じ場所にとどまっていれば、気楽だし、苦労も少ない。やったことのあることをすればいいだけだから、別段難しさもない。

　だから、あえて困難な道を歩むのはとても勇気ある選択だ。ぶつかって、倒れて、壊れることだってある。

　そんな危険を覚悟して、一歩踏み出すというのは本当に立

派な選択だ。

　もっといい人になろうという努力は、誰にもできることじゃない。あなたは特別だから“努力”の心を持っている。
　誰もが努力しながら生きているように思えるけれど、そうじゃない人も多い。
　あなたは取るに足らない存在なんかじゃない。
　自分のために、家族のために、恋人のために、世の中のために、何かのために努力する、とても魅力的な人。目標を達成できなかったとしても、あなたの存在が否定されるわけじゃない。

　今、目に見えているものだけで自分を判断しないでほしい。
　時間は待ってくれないから急ぐべきだと言われるけれど、生真面目に待つことによって叶うことだってある。
　カップラーメンですら３分待たなければならないのだから、人生の機が熟すまでには、どれだけ時間がかかることだろう。
　おなかがすいているせいで、まだ麺が硬いうちに食べてし

まいそうになるけれど、だったら食べないほうがましかもしれない。

　あなたの人生は 100℃に向かって上昇している。沸騰までもう少しだけ待てばいい。

　あと少し！

　贈り物みたいに、今までの努力が実るはず。

　だから心配しないで。うまくやれているよ。

あなたは自分で思っているよりも
ずっと素敵な人。
だから迷わないで。

すべてをうまくやり遂げることはできなくても
すべてをうまくやり遂げるために努力する人だから。

まずは進もう。
その果てに何があるのか誰も知らないけれど
最後まで見ればすっきりするはず。

自分をもっと大事にしよう。

あなたは自分で思っている以上に
うまくやれているよ。

訳 者 あ と が き

『ありのままでいい』は韓国で 2017 年に刊行されて以来、ロングヒットを続けているエッセイ集だ。著者のチョ・ユミ氏は "エピソードを読む女" の名で知られ、SNS で絶大な人気を誇るアーティスト。Facebook は 84 万人、Instagram は 14 万人、Pikicast（1700 万ダウンロードを突破した韓国のコンテンツ・キュレーションアプリ）は 29 万人、計 120 万人以上ものフォロワーを獲得している。

2014 年、チョ・ユミ氏はこんな思いから、Facebook ページ〈エピソードを読む女〉を開設した。

一日のスケジュールを終え、帰宅して横になったときに私たちの心をチクチク痛ませるもの。でも、仲のいい人に電話をしておしゃべりしながら気分転換するにはまだ重すぎて、恥ずかしくて、つらい出来事について、誰かと語り合いたい。

　恋愛や別れ、人間関係について、彼女が投稿する繊細な言葉の数々は、多くのネットユーザーに愛され、シェアされていった。その中でも特に話題を集めた投稿が『エピソードを読む女』のタイトルで書籍化され、2016年に作家デビュー。その翌年、2冊目の著書として、この『ありのままでいい』が刊行された。

　本書は、これまで多くの読者を励ましてきたチョ・ユミ氏による、自叙伝的エッセイだ。年齢や顔写真などは明かしておらず、経歴が謎のベールに包まれていた彼女が初めて自らのエピソードをつづった。

　この世に存在するだけで美しい、ありのままの自分を認めて大切にするためのメッセージが紹介されている。

　つらい記憶や心のモヤモヤ、悲しみや怒りといったネガティブな感情までをも丁寧に振り返り、正直に表現した文章は、「私のことみたい」「自分でもよくわからなかった気持ちを言語化してくれた」と、多数の読者の共感を得た。韓国の人気俳優が2018年のソウルファンミーティングで「瞬間瞬間の幸せ」の一部を朗読したり、男性ボーカルユニットのメンバーが日本滞在中に読んでいる本として動画メッセージで

紹介したり、男性芸能人の中にも愛読者が多い。

　ありのままの姿で生き、自分を信じて歩んでいく。それは
自分の本心に耳を傾けて、人生を人任せにしないということ
でもある。仕事や恋愛、人間関係に疲れたとき、人生に行き
詰まったとき……。くじけそうな日にそっと背中を押して、
もう一度がんばる勇気をくれる言葉が、この本にはぎっしり
詰まっている。

　　　　　　　　　　　　　　　　　　　　藤田麗子

〈著者略歴〉

チョ・ユミ

240万「いいね！」を、Instagramで集めた作家。
SNSに投稿した文章が、仕事、夢、他人との関係に疲れ切った、20～30代の女性の共感を呼んだ。その後、韓国で5作のエッセイを刊行。
韓国で80刷のベストセラー（2021年9月10日時点）となった本書は、著者の日本語初翻訳。

〈訳者略歴〉

藤田麗子（ふじた・れいこ）

フリーライター＆翻訳家。
訳書に、クルベウ著『大丈夫じゃないのに大丈夫なふりをした』（ダイヤモンド社）、ジョン・センムル著『私は今日も私を信じる～「自分だけの魅力」の磨き方』（大和書房）、パク・ジョンジュン著『Amazonで12年間働いた僕が学んだ未来の仕事術』（ＰＨＰ研究所）等がある。

ありのままでいい
自分以外の誰もが幸せに見える日に

2021年11月2日　第1版第1刷発行

著　者	チョ・ユミ	
訳　者	藤　田　麗　子	
発行者	永　田　貴　之	
発行所	株式会社ＰＨＰ研究所	

東京本部　〒135-8137　江東区豊洲5-6-52
　　　　　第二制作部　☎03-3520-9619（編集）
　　　　　　普及部　☎03-3520-9630（販売）
京都本部　〒601-8411　京都市南区西九条北ノ内町11

PHP INTERFACE　https://www.php.co.jp/

制作協力　　株式会社PHPエディターズ・グループ
組　版

印刷所　　株式会社精興社
製本所　　株式会社大進堂